KB124938

멋진
하루

패트릭 네스 장편소설

홍한별 옮김

아프게 그리운
존 멀린스에게

1966-2015

그때 (오늘 아침에야 알았다) 공포가 느껴졌다.
압도적인 무력감, 부모가 이것을—이 삶을 쥐어 주고
끝까지 살아 내고 평온히 감내하라고 했다는 사실에
대한 공포. 가슴 깊은 곳에 끔찍한 공포가 있었다.

버지니아 울프, 《댈러웨이 부인》

이 고통
나를 관통해 흐르는 빙하
깊은 골짜기를 새기고
장엄한 풍광을 만든다.

존 그랜트, 〈빙하〉

굴레

애덤이 꽃을 사 와야 했다.

엄마는 할 일이 많다고 했다. 오늘 오전에 꽃이 필요한데 지금 당장 꽃을 사 오지 않으면 하루를 망칠 테니, 애덤이 구시렁대지 않고 고분고분 꽃을 제대로 사 오느냐에 오늘 밤 친구들과 그 잘난 '모임'에 갈 수 있을지 없을지가 달려 있을 거라고 했다.

애덤은 꽃밭을 망친 건 마티 형이고, 자기도 오늘 할 일이 엄청 많고, 마당 진입로 옆에 새로 심을 국화를 사 오는 문제는 모임에 가고 말고와 논리적으로 무관하다고(왜냐하면 애덤의 부모님은 뭐든 공짜로 들어주는 법이 없기 때문에 모임에 가는 대가로 지금이 8월인데도 겨울에 쓸 장작을 다 패 놓았으니까), 화난 기색을 드러내지 않고 꽤 잘 따졌다. 그랬어도 엄마는 엄마 특유의 방식으로 이게 원칙이라고 공포했다. 꽃을 사 오거나 아니면 오늘 집에 꼼짝 말고 붙어 있거나 둘 중 하나라고. 꽃을 안 사 오면 오늘 저녁에 못 나가는 거라고. 더군다나 여자애가 죽은 마당에.

"네가 선택하렴." 엄마는 애덤을 쳐다보지도 않고 말했다.

이건 굴레일 뿐이야, 애덤은 차에 올라타며 생각했다. 굴레는 언젠가 벗겨지지. 그래도 애덤은 심호흡을 크게 몇 번 하고 난 다음 차에 시동을 걸었다.

일찍 나선 덕에 시간이 빠듯하지는 않았다. 늦여름 토요일 하루, 촘촘히 일정을 짜 놓은 하루가(애덤은 일정을 짜서 움직이는 스타일이었다) 앞에 죽 펼쳐져 있었다. 러닝을 하고, 사악한 초대형 글로벌 기업에서 재고 조사 아르바이트를 몇 시간 하고, 교회에서 아버지 일을 도와드리고, 앤젤러가 아르바이트하는 가게에 들러서 파티에 가져갈 피자가 제때 나올지 확인하고ㅡ

'안녕', 무릎 위에서 핸드폰이 웅 울렸다.

애덤이 살짝 웃었다. 오늘 이 약속도 있지.

'안녕', 애덤이 답장을 보냈다. '꽃 살래?'

'그거 무슨 암호야?'

애덤은 웃으면서 후진으로 집 앞 진입로에서 나왔다. 좋아, 화는 그만 내야지. 오늘 엄청난 날이니까! 정말 재미있을 거야! 신나게 웃고 먹고 마시고 친구들에 섹스에. 오늘 파티가 작별 파티니 가슴이 쓰라리기도 하겠지. 누군가가 떠난다. 애덤은 그가 떠나는 게 자기가 바라던 일인지 아닌지 잘 알 수가 없었다.

엄청난 날이야.

'몇 시쯤 올 거야?' 문자가 왔다.

'두 시쯤?' 신호등에 멈췄을 때 답을 보냈다.

답으로 엄지손가락 두 개를 치켜세운 이모티콘이 왔다.

애덤은 숲이 우거진 동네에서 나와 무성한 나무가 양옆에 줄줄이 선 도로를 따라 타운을 향해 갔다. 사실 이 근방 50마일 반경은 전부 숲이 울창하다. 그게 프롬이라는 도시의 두드러지는 특징이고, 워싱턴주의 두드러지는 특징이기도 하다. 너무 당연해서 사실 별 의식 않고 지낸다.

애덤은 오늘 오후 두 시 약속을 생각했다. 정말 행복할 거야. 비밀스러운 행복.

그런데 마음 한구석에 무너지는 느낌이…….

아냐, 그러지 말자. 오늘을 엄청 기다렸잖아. 그랬고말고. 생각을 해 보면—

그래, 그것 말야.

또 빨간불이 켜졌다. '피가 쏠린다. 딱딱해졌어.' 애덤이 문자를 보냈다.

이번에도 엄지손가락 두 개를 치켜세운 이모티콘이 왔다.

이제 간선도로(당연히 여기도 나무가 울창하다)로 진입해 화원을 향해 가는 애덤 손이 어떤 사람인지 한번 보자. 토요일 아침인데도 벌써 도로 위에 차가 많다. 애덤 손은 이 도로를 따라 10마일 더 가면 나오는 병원에서 약 18년 전에 태어났다. 애덤이 평생 가 본 가장 먼 곳은 러시모어 산이다. 네 식구가 아무 재미없는 자동차 여행을 갔을 때다. 애덤이 6학년일 때 아버지,

어머니, 마티 형이 우루과이로 선교 여행을 갔지만 애덤은 아직 너무 어리다고 두고 가서 집에 남아야 했다. 아버지가 돌아와서는 진흙투성이인 데다 그곳 사람들이 선교사를 싫어하더라면서 끔찍한 경험이었던 듯 이야기하기는 했지만, 3주 동안 존 할아버지 팻 할머니와 같이 네 시 반에 저녁을 먹어야 하는 운명에 처했던 애덤으로서는 그런 게 대수인가 하는 생각을 안 할 수가 없었다.

열두 달만 지나면, 굴레를 벗어던질 수 있어. 일주일만 있으면 마지막 학년에 올라간다.

그다음에는 하늘로 날아가는 거야.

애덤 손은 벗어나고 싶다. 애덤은 떠나고 싶다. 배 속의 갈망이 너무 강렬해서 아찔할 지경이다. 애덤은 오늘 송별 파티 뒤에 떠나는 사람과 같이 떠나고 싶다.

글쎄, 그건 아닐지도.

애덤 손. 희끄무레한 금발, 키가 크고 어떻게 보면 잘생겨 보이기도 하지만 덩치가 워낙 커서 중력에 겨우 적응하는 듯 어설퍼 보인다. A를 받는 우등생이고 원하는 대학에 가려고 애쓰고 있는, 아니 곧 해결될 거라고 했던 돈 문제가 해결될 기미가 없으니 어디든 등록금 걱정 없이 갈 수 있는 대학에 가려고 애쓰고 있는 학생이었다. '목사의 집은 어떠어떠하게 보여야 한다'는 이유로 아무 쓸모없는 국화꽃을 사들이는 게 돈 문제를 해결하는 데 도움이 될 리 없으니, 애덤은 이 동네에서 벗어난다는 목표에 더욱 집중해야 했다.

애덤 손은 비밀이 있다.

화원 주차장으로 들어가는데 전화가 울렸다. 애덤이 주차를 하면서 전화를 받았다. "오늘은 사람들이 다 일찍 일어났네."

"나는 '사람들'이 아니라고 몇 번을 말해야 하니?" 앤젤러가 투덜거렸다.

"'사람들'에는 모든 사람이 다 들어가는 거잖아. 말뜻이 그렇다고."

"'사람들'은 항상 바보 같은 짓을 하는 사람들이고 나는 그 사람들을 비웃으면서 우월감을 느끼는 사람이야."

"웬일로 이렇게 일찍 나섰어?"

"왜겠어? 닭 때문이지."

"닭이 모든 일의 원인이지. 언젠가 닭이 우리를 지배할 거야."

"지금도 우리를 지배하고 있어. 넌 어디 가는데?"

"꽃 사러. 엄마의 징벌의 정원에 심을 꽃."

"넌 심리 치료가 정말 시급해."

"우리 부모님은 그런 거 안 믿어. 기도로 해결이 안 되는 문제는 진짜 문제가 아니라고 하지."

"너희 부모님 최고야. 오늘 밤에 보내 주시는 게 신기하다. 캐서린 반 루엔 일도 있었는데."

캐서린 반 루엔이 살해당한 여자아이다. 그렇게 강한 이름을 가진 아이가 그렇게 될 수는 없을 것 같은데. 캐서린은 애덤과 같은 학교 한 학년 위에 다녔는데 애덤과 아는 사이는 아니었다. 그러니까 오늘 저녁 그 '모임'이(애덤은 부모님한테는 절대 '파티'에 간다고 말하지 않았는데 그 말을 썼다가는 게임 끝이기 때문이었다) 있을 호숫가에서 캐서린 반 루엔이 살해당한 것은 사실이다. 하지만 살인범이 잡혔고 자백했고 재판을 기다리고 있었다(캐서린의 나이 많은 남자 친구였다). 캐서린은 늘 약쟁이들하고 어울렸는데, 똑같이 취한 목격자의 말에 따르면, 남자 친구가 메스(메스암페타민, 필로폰-옮긴이)에 취해 헛소리를 지껄이면서—특히 염소 어쩌고 하는 헛소리를 지껄이면서 캐서린을 죽였다고 한다. 애덤의 절친인 앤젤러는 캐서린 본인에게도 책임이 있다는 투로 말하는 사람이 있으면 불같이 화를 냈다.

"뭘 안다고." 앤젤러는 누구한테든 거리낌 없이 소리를 질렀다. "걔가 어떻게 살았는지 누가 아냐고. 중독이라는 게 어떤 건지 알아? 다른 사람 머릿속 일은 절대 모르는 거야."

맞는 말이었다. 그래서 정말 다행이었다. 애덤의 부모님이 애덤 머릿속 일을 모르는 게 특히 다행이었다.

"부모님은 친구들 몇 명이 모여서 엔조 송별회 하는 걸로 알고 있어." 애덤이 말했다.

"그 말은 정확한 사실이지."

"그런 한편 많은 부분이 생략되어 있고."

"그렇지. 피자는 몇 시에? 피자는 피자니까."

"러닝 하고, 아르바이트하고, 두 시에 라이너스 만나고, 아버지 내일 예배 준비하시는 거 도와야 해ㅡ"

"라이너스하고 섹스하고 나서 아버지와 교회 일이라? 타락한 녀석."

"한 일곱 시쯤? 그때 같이 파티에 가자."

"모임 말이지."

"사람들이 모이는 거니까 모임이 맞지."

"일곱 시 좋아. 너한테 할 말 있어."

"무슨 얘기?"

"이것저것. 걱정은 말고. 이제 닭한테 가야 돼. 닭은 닭이니까."

앤젤러네 가족은 농장을 한다. 앤젤러는 부모님이 자기를 한국에서 입양한 이유가 가축 돌볼 일꾼을 고용하는 것보다 그게 싸게 먹히기 때문이라고 했다. 사실이 아니었고 앤젤러도 당연히 사실이 아닌 줄 안다. 앤젤러의 부모님 달링턴 부부는 점잖고 좋은 분들이고 애덤에게도 늘 잘해 준다. 애덤이 부모님으로부터 안전히 피할 수 있는 장소를 제공해 주면서도 부모님 이야기를 입 밖에 내지는 않을 정도로 사려 깊기도 하다.

"언제 또 내 편이 돼 줄 거야, 애덤?" 앤젤러가 헤어질 때 늘 하는 말을 했다.

애덤이 웃었다. "언제나. 세상 끝날 때까지."

"그래, 그럼 됐어." 앤젤러가 전화를 끊었다.

애덤은 차에서 내려 이른 아침 햇살 속으로 나갔다. 아침 여덟 시 조금 넘었는데 주차장이 거의 다 차 있었다. 이 동네에는 정원을 열심히 관리하는 사람들이 많은데 벌써 가을 준비를 시작한 모양이었다. 애덤은 주차장에서만 볼 수 있는, 나무에 가리지 않은 탁 트인 하늘 아래에서 잠시 걸음을 멈췄다. 눈을 감고 눈꺼풀에 닿는 햇살을 느꼈다.

애덤이 숨을 들이마셨다.

'굴레'라는 말은 애덤이 생각해 낸 말도 아니었다. 성경에도 나온다. 아빠가 하는 말이기도 하다. 빅 브라이언 손이라는 별명으로 불리는 아버지. 전직 프로 풋볼 선수였으나 시혹스에서 타이트엔드 공격수로 세 시즌을 뛰고 어깨 수술을 받아야 했고, 지금은 프롬에서 두 번째로 큰 복음주의 교회 '반석 위의 집' 주임 목사다. "네가 내 집을 떠나기 전까지는, 내 굴레 아래에 있는 거다." 아버지는 애덤의 얼굴에 대고 이렇게 호통을 치고는 한 달 동안 차를 쓰지 못하게 금지했다. 아버지가 정한 귀가 시간보다 단 10분 늦게 집에 들어왔다는 이유로.

애덤은 다시 심호흡을 하고 국화를 사러 화원 안으로 들어갔다.

제이디 매클라렌이 생화 코너에서 일하고 있었다. 애덤과 문학, 화학 수업을 같이 듣는 애다. "안녕 애덤." 동글동글한 제이디가 평소처럼 다정하게 인사했다.

"안녕 제이디. 일찍 문 여네." 애덤이 말했다.

"사장이 아침 다섯 시에 스타벅스 드라이브스루에 사람들이 줄 서 있는 걸 보더니 우리도 일찍 열어야 손님을 안 놓친다는 거야.”

“맞는 말일지도. 나 국화 사러 왔어.”

“구근 말야? 요새 심을 철이 아닌데.”

“꽃이 핀 국화가 필요해. 형이 진입로 가장자리에 심은 걸 차로 밟아 버렸어. 엄마가 기절했어.”

“아, 어떡하냐!”

“정말로 기절한 건 아니야, 제이디.”

“아. 그래.”

“아무튼 국화를 구해 가지 않으면 사교 활동을 금지당해.”

“오늘 밤 엔조 송별회 말야?”

“응. 갈 거야?”

“응. 엔조 부모님이 유럽 출신이라 술에 관대해서 맥주가 있을 거라는 소문을 들었지.”

“앤젤러랑 내가 앤젤러 알바하는 가게에서 피자 가지고 갈 거야.”

“더욱 좋구만. 국화 색이 중요하려나?”

“아마도? 하지만 엄마가 무슨 색을 사 오라고 말하지는 않았으니까 잘못 사 가더라도 내 책임은 아니겠지.”

“제일 야한 색으로 줄게.”

“아 그리고······.”

제이디가 기다렸다. 애덤은 눈을 마주치지 않고 말했다. “너무 비싸지 않은 걸로?”

"문제없어, 애덤." 제이디가 진지하게 말하며 꽃모종이 잔뜩 있는 뒷마당으로 나갔다. 뒷마당에는 마당에 바로 심을 수 있는 모종이 있고, 화원 안에는 꽃다발을 만들 때 쓰는 절화 냉장고가 있었다. 애덤은 오늘 할 일들을 멍하니 생각하며, 자기도 모르는 사이 콧노래를 흥얼거리면서 냉장고 쪽으로 갔다.

빨간 장미 한 송이가 플라스틱 양동이에 꽂혀 있었다. 애덤은 아무 생각 없이 손을 뻗어 그 꽃을 집었다. 빨간 장미 한 송이. 이걸 사도 될까? 그래도 괜찮을까? 남자들끼리도 꽃을 선물하나? 여자한테 줄 꽃이라면 괜찮겠지만…….

그런 문제에 대해 스스로 정한 규칙은 없었다. 규칙을 따를 필요가 없어 편할 때도 있었다. 라이너스한테도 내키는 대로 하면 됐다. 하지만 어떤 지침이나 역사나 아니면 오랜 세월을 거치며 검증된 문학 작품이라도 있다면 유용할 것도 같았다. 장미를 사도 되나? 선물해도 되나? 라이너스가 어떻게 받아들일까? 세상 다른 사람들은 그 질문의 답을 알까?

그 꽃을 받을 사람이 라이너스인가 아닌가 하는 질문에 대한 답도.

애덤은 장미 가시 위에 오른손 엄지손가락을 얹었다. 애덤의 성이 손(thorn, 가시)이기 때문에 사람들이 '가시관'이니 '장미 가시'니 하는 실없는 농담을 하곤 했다. 애덤은 손끝으로 가시를 꾹 눌렀다. 가시가 살갗을 뚫고 들어가 순간 솟은 피 한 방울 속에서 애덤은 보았다—

—온 세상을, 헉 들이마신 숨처럼 빠르게, 나무와 풀을, 물과 숲을, 어둠 속에서 따라오는 형체를, 저질러진 실수를, 상실을, 슬픔을—

애덤은 눈을 깜박이고 피가 나는 엄지손가락 끝을 입에 가져다 댔다. 사라졌다. 꿈처럼. 증기처럼. 혼란스러운 감정과 혀끝의 피 맛만을 남기고 사라졌다.

제이디가 돌아왔고 애덤은 장미를 샀다. 2달러밖에 안 했다.

그녀는 피 냄새, 장미 냄새를 맡고 마치 심장이 가시에 찔린 것처럼 깨어난다. 몸이 흠뻑 젖었다. 물에서 걸어 나온 건가? 내 발로 물 밖으로 나왔나?

알 수가 없다. 몰려들고, 쓸려 가고, 그러고 나서 풀려났다—

그러고 나서 탁, 심장에 박힌 가시에 걸린 듯, 진주 방울처럼 맺히는 핏방울…….

그녀가 상체를 일으켜 앉자 방금 폭포수를 지나오기라도 한 것처럼 몸에서 주르륵 물이 쏟아진다. 그러나 그녀가 누워 있던 자리는 물이 없는 물가였고 발아래 흙은 축축하긴 해도 단단하다. 흙 땅이 신기한 듯 손바닥으로 쓸어 본다. 정말 새롭고 신기한 느낌인 것도 같다. 손끝에 거칠게 느껴지는 감촉. 엄지손가락과 집게손가락으로 흙을 조금 집어 코로 가져가 깊이 들이마셔 본다. 진하고 기름진 흙냄새가 나지만 피 냄새는 거기서 난 게 아니다.

왜 거기에서 피 냄새가 나겠어? 불현듯 떠오른 생각이다. 사방이 들장미 덤불로 둘러싸인 것은 안다. 어떻게 아는지는 몰라도 안다. 여기는 가시덤불로 둘러싸였다.

그 냄새가, 잠에서 깨어나기 전에 들은 목소리처럼 아스라이 멀어진다.

그녀가 일어선다. 물이 계속 쏟아져 발치에 웅덩이가 생긴다. 이 옷은 내 거야. 그녀는 생각한다. 이 옷은 내 것이 아니야, 그녀는 생각한다. 모순이지만 사실이다. 젊은 여자들이 입는 가볍고 산뜻한 꽃무늬 원피스지만 묘하게 복고풍이거나 아니면 진짜 옛날 옷처럼 보인다.

내가 원피스를 입던가? 그녀가 생각한다.

응. 아니.

원피스에 주머니가 있다. 그걸 봐도 아주 구식 옷인 것 같다. 주머니가 부푼 채 늘어져 있고 묵직하다. 묵직한 주머니 안에 손을 넣어 벽돌 두 개를 꺼낸다. 물밑으로 끌어당길 만큼 묵직한 벽돌.

물에 빠뜨려 죽이려고.

한참 동안 그것들을 보고 있다.

벽돌을 떨어뜨린다. 흙바닥에서 벽돌이 한 번씩 튕긴다.

"죽음은 끝이 아니니." 그녀가 소리 내어 말한다.

뭐? 그게 무슨 말이지? 대체 무슨 뜻인지? 그녀는 입에서 다시 말이 나오지 않게 하려는 듯, 말을 안에 가두려는 듯 손으로 입을 막는다.

노래. 노래였다. 횡격막에서 저절로 흘러나오는 노래를 느낀다. 가락이 나타나고 그녀도 아는 가사가 흐른다. 장례식, 무덤을 위한 노래. 아니면 그렇게 들리게 쓰인 노래. 이 원피스처럼 씁쓸한 아이러니로 만들어진 노래.

그녀는 나무 사이로 쏟아지는 햇살 속에서 눈을 감는다. 눈꺼풀 안의 실핏줄이 죽음처럼 붉다.

그녀는 숨을 들이마신다.

그러고 나서 물을 토하기 시작하는데 배 속에 물이 이렇게 많이 있을 수는 없을 것 같다. 오직 물이다. 위액이나 음식물이 아니라 투명한 폭포처럼 물만 쏟아져 나온다. 밀어 올리는 힘 때문에 뒤로 주저앉고 만다. 발치에 생긴 웅덩이가 터져 물길을 만들며 호수로 흘러간다.

드디어 끝이 났다. 숨을 헐떡이며 몸을 추스른다. 다시 몸을 일으키자 머리카락이며 몸, 옷 전부 물 한 방울 없이 바싹 말라 있다.

다시 심호흡을 한다.

"널 찾을 거야." 이렇게 말하고 그녀는 맨발을 한 발 앞으로 떼어 걷기 시작한다.

들장미 수풀 너머에서 파우누스가 그녀를 보고 있다. 잠시 뒤 걱정스러운 듯 뒤를 따른다.

달리기

애덤은 최소 1마일, 어떤 때에는 2마일 가까이 달려야 비로소
몸의 긴장을 풀고 페이스를 찾았다. "너한테는 장거리 달리기가
잘 안 맞는 걸 수도 있어." 애덤의 크로스컨트리 코치가 처음에
는 조심스럽게, 나중에는 좀 더 강력하게 말했지만, 애덤이 계
속 연습에 나와 정해진 연습량을 다 채우자 이윽고 포기했다.
애덤은 경주에서 이긴 적이 단 한 번도 없었고 애덤의 팀도 한
번도 대회에서 우승을 거두지 못했다(애덤의 초반 10분 기록이
부진한 것과 무관하지 않았다). 그렇지만…….

  몸이 풀리고 나면, 긴장이 사라지고 나면, 제대로 땀이 나기
시작하고 호흡이 묵직하게 규칙적으로 이어지고 지난번 운동
으로 쑤시고 뻣뻣해진 근육의 찌르르한 통증을 아드레날린과
엔도르핀을 쏟아부어 식히고 나면, 세상 어느 곳에 있을 때보다
좋았다. 갓길도 없는 오르락내리락 도로나, 지금처럼 자전거 타
는 사람들과 파스텔색 웃옷을 입고 머리에 컬을 넣고 파워 워킹

을 하는 엄마들이 바글거리는 옛날 기찻길 옆 운동로를 달리는 것도 싫지 않았다.

45분, 한 시간, 혹은 한 시간 반 동안은 세상이 내 것이었고 세상에 나 혼자였다. 행복하고 신비롭고 신성할 정도로 혼자였다.

그럴 수 있어 다행이었다. 국화가 문제를 일으켰기 때문이다.

"일부러 토사물색 국화를 산 거니?" 어머니가 물었다.

"그것밖에 없었어요."

"정말이야? 정말 그렇게 말할 거야? 내가 가서 확인해 볼 수도 있는데?"

애덤은 목소리가 높아지지 않게 누르며 다시 말했다. "그것밖에 없었어요."

어머니가 마지못해 한발 물러섰다. "계절이 지나서 그런가. 다른 꽃을 사 왔을 수도 있잖아? 토사물처럼 안 보이는 걸로."

"엄마가 국화 사 오라고 하셨잖아요. 제가 다른 걸 사 왔으면 틀림없이 돌려보냈을 테고 엄마도 저도 오전을 낭비하게 됐을 텐데요."

없는 돈을 꽃에 낭비한 건 말할 것도 없고요, 전 3년째 겨울 외투 없이 버티는데요, 애덤은 이 말은 입 밖에 내지 않았다.

어머니는 잠깐 말이 없더니 고맙다는 말 한마디 없이 국화를 들고 앞마당으로 갔다. 잠시 뒤에 애덤이 운동복으로 갈아입고 오늘 운동을 시작하러 달려 나갈 때 어머니는 벌써 진입로 옆

땅을 파고 있었다. 엄마가 애덤에게 뭐라고 하는 것 같았지만, 애덤은 이어폰 볼륨을 높여 놓아서 부르는 소리를 못 들었다고 생각하기로 했다.

애덤의 부모님. 두 분은 애덤을 보면 늘 화를 내거나 걱정을 하거나 겁을 냈다. 어릴 때는 괜찮았다. 심지어 둘째를 가지려고 4년 동안 노력했는데 안 생겨서 거의 포기하려던 참에 생긴 아이라고 "축복"이라고 말하기도 했다. 어렵게 생긴 걸로도 모자라 애덤은 여덟 달 만에 태어나 또 부모님에게 걱정을 끼쳤다.

그래서 "우리 아기"라고 불렸다. 너무 오랫동안. 꽤 큰 다음에도. 그러다 보니 그 말이 애정이 아니라 묵직한 훈계가 담긴 말이 되었다. '네가 아무리 나이를 먹더라도 너는 절대 우리와 동등해질 수 없어' 하고 말하는 것 같았다. 애덤이 어릴 때 여자아이들하고만 놀자 더욱 그렇게 됐다. 슈퍼볼(미국 NFL 최종 결승전으로 미국에서 가장 큰 스포츠 행사다-옮긴이)은 안 보면서 아카데미 시상식은 절대 놓치지 않는 걸 보고도 그랬다. 애덤이 '약간 게이'처럼 보이기 시작하자 더더욱 그랬다.

어느 일요일 예배가 끝나고 저녁에 웬디스에 갔을 때 엄마가 애덤 앞에서 그 말을 정말로 했다. "쟤가 약간 게이일 수도 있을까?" 엄마는 테이블 맞은편에 앉은 아빠에게 물었다. 열다섯 살이던 마티는 성난 듯 초콜릿 프로스티를 노려보았고 열한 살 애덤의 얼굴은 햇볕에 탄 데다 뺨까지 맞은 것처럼 빨갛게 달아올랐다.

애덤은 자기 담임 선생님 아들이 무용을 배운다는데 재미있을 것 같다고 말했을 뿐이었다.

"아니." 아버지가 너무 빨리, 너무 확고하게 대답했다. "그런 말 하지 마. 당연히 아니야." 아버지는 애덤을 똑바로 쳐다보면서 아니라고 생각할 뿐 아니라 그러면 안 된다고 명령하는 것이며, 무용 수업 같은 건 꿈도 꾸지 말라고 못 박는 것임을 확실하게 전달했다.

그 뒤 6년 동안 그 주제는 다시는, 단 한 번도 수면으로 올라오지 않았다.

정말 몰라서 그랬다고는 할 수 없다. 애덤은 부모님이 자녀 보호 인터넷 잠금이라는 것의 존재를 알기 전에 인터넷 검색에 통달했다. 엄마와 아빠 둘 다 배운 사람이고, 세상이 어떻게 돌아가는지도 알고, 애덤이 태어난 뒤에 세상이 또 어떻게 바뀌었는지도 알았다. 하지만 변화라는 건 먼 도시에서나 일어나는 일이지 이곳 교외까지는 미치지 않는 것 같았다. 이곳에서는 부모님 같은 분들이 신념을 버릴 필요가 없었다. 부모님은 그나마 배운 덕에 본인 신념을 대놓고 말하지는 않고 말없이 웃기만 하는 것이었다.

애덤의 아버지는 복음주의 교회 목사였으니까. 애덤은 목사의 아들이고. 이 집에서는 누구든 현실을 부인해야만 했다.

그래서 아무도 그 이야기는 꺼내지 않았다. 그런데도 애덤에

게는 마티 형 때는 없던 통금 시간이 있었고 친구 집에서 자고
오는 것도 금지였다. 처음에 애덤이 엔조와 가까이 지낼 때는
외박이 아예 불가능했다. 라이너스와 사귀는 지금은 그래도 좀
덜한데, 부모님이 라이너스의 존재를 모르는 데다 앤젤러가 평
생 갚아도 모자랄 만큼 자주 알리바이를 대 주기 때문이었다.
애덤은 일요일에 두 번, 수요일에 한 번 반드시 교회에 가야 했
고 기독교 여름 캠프도 마티 형과 다르게 해마다 꼭 가야 했다.
마티 형이야 물론 가라고 하면 신이 나서 갔을 테지만. 애덤이
학교에서 연극반에 들어가겠다고 했을 때에도 부모님이 반대
했지만 연극반과 크로스컨트리를 같이하겠다고 해서 겨우 허
락을 받았다.

애덤은 옛날 기찻길 옆 운동로 끝까지 가서 4마일을 찍었고,
유모차 다섯 대를 나란히 끄는 엄마 다섯 명을 피하기 위해 옆
으로 달렸다. 이 지점쯤 오면 애덤 머릿속에서 벌어지던 말다툼
도 가라앉았다. 아무려면 어때.

앤젤러는 자기 부모님을 사랑했다. 앤젤러 가족은 저녁 식탁
에서 끝없이 웃음이 터지는 가족이다. 열네 살 이후로 집에 몇
시에 오든 별 간섭이 없었는데, 부모님이 앤젤러가 아무 말썽도
일으키지 않으리라고 믿어 주기 때문이었다. 앤젤러는 동정을
(앤젤러 표현으로) '전부' 잃었을 때에 그 경험이 기대했던 것
하고는 달라서 엄마하고 그 이야기를 나눴다고 한다(물론 먼저
애덤에게 자세하게 보고하고 난 다음에).

애덤이 엔조와 첫 경험을 했을 때 아버지한테 그 이야기를 했다면 아버지가 어떤 표정을 지었을까. 그 생각에 애덤은 자기도 모르게 웃음을 흘렸다. 그때 손수 만든 것처럼 보이는 자전거를 탄 노인이 옆으로 지나가며 애덤을 보고 웃음을 지었다.

애덤은 호숫가를 따라 이어지는 길로 접어들었다. 오늘 밤 엔조 송별 파티를 하기로 한 곳 건너편이다. 오늘은 국화를 사 오느라 조금 늦어지기도 해서 처음에는 6마일만 달릴 생각이었지만 조금 더 몰아붙여서 8마일을 채워야 할 것 같았다. 러닝을 할 때 드물게 오는 순간, 젊음, 힘, 몸을 완전히 쓰고 났을 때 찾아오는 찰나의 불멸성을 느끼는 순간이 왔다. 이제 영영 달릴 수 있을 것 같았다. 영원히 달릴 것이다.

호숫가 길에 접어들어 30미터쯤 달렸을 때 차가 빵빵거리는 소리가 들렸지만 애덤은 자기를 부르는 소리라고는 생각 않고 계속 달렸다.

부모님은 엔조를 좋아하지 않았지만 대놓고 그렇다고 말하지는 않았다. 다들 엔조라고 부르는 로렌조 에밀리아노 가르시아는 스페인 사람이다. 스페인에서 태어났지만 기억나는 건 없다고 한다. 부모님이 엔조가 태어난 직후에 미국으로 건너왔고 8학년이 되기 직전에 시골이나 다름없는 베드타운 프롬으로 이사했다. 엔조는 말씨에 외국어 억양은 없지만 유럽연합 여권을 갖고 있었다. 사실 어디 것이건 여권을 갖고 있다는 것 자체가 신기한 일이었다. 오늘 밤이 지나면 엔조는 떠나게 되어 있지만 스페인으로 돌아가는 건 아니고, 내분비 전문의인 엔조 어머니가 나라 반대편에 있는 애틀랜타에 일자리를 구해서 이사를 가게 됐다. 애덤의 부모님은 엔조가 자기 아들의 삶에 더 이상 영향을 미치지 않고 사라진다는 소식에 크게 안도해서 송별회에 가는 것을 특별히 허락해 줬다.

포복절도할 일은 부모님이 엔조를 싫어하는 까닭이 애덤과 둘 사이에 있었던 섹스, 사랑(애덤은 그걸 사랑이라고 부를까? 엔조는? 엔조가 사랑했을까?), 친밀감 따위와는 무관하다는 점이었다. 혹여 부모님이 둘 사이를 그런 관계로 의심했다면 애덤을 바로 동성애 치유 캠프에 보냈을 것이다.

그게 아니라 엔조가 가톨릭이라고 싫어했다.

애덤은 달리면서 또 혼자 웃었다. 엔도르핀이 이제 정말 효과를 발휘하는 것 같았다.

"그 애를 전도했니?" 아버지가 묻곤 했다. "하느님이 그러길 원하신다. 그러는 게 우리 의무야."

"걔네 가족도 일요일마다 교회 가요. 걔네한테도 주님이 있겠죠."

"신성 모독이야."

"그게 어떻게—"

"교황권의 허위를 자각하도록 설득할 수 있겠지."

"네네. 그것부터 시작하면 되겠네요."

"아니, 애덤! 그런 카리스마가 있으면서 왜—"

"저한테 카리스마가 있어요?" 애덤은 정말로 놀랐다.

"넌 마티하고 달라." 아버지는 그걸 인정하는 게 고통스러운 것 같았다. "네 형은…… 다른 축복을 받았지. 하지만 너 같은 말재주는 없어." 아버지가 고개를 저었다. "아들을 목사로 키우게 해 달라고 기도를 드렸는데, 하느님이 무한한 유머 감각을 발휘하셔서 한 아들은 신앙은 독실한데 재능은 하나도 없고, 다른 아들은 재능은 다 갖췄지만 신앙은 없게 만들어 주셨지."

"형한테 너무 가혹한 것 같은데요ㅡ"

"네 친구를 전도해." 애덤은 아버지의 눈에 눈물 비슷한 게 맺힌 것을 보고 또다시 놀랐다. "넌 아주 잘할 수 있어. 아주, 영향력이 있어."

애덤은 속으로 생각했다. 개 맨몸에 입을 맞췄어요. 그게 아주 영향력 있던데요.

물론 말하지는 않았다.

대화를 마치고 애덤은 혼란스러웠다. 아버지가 전도 운운해서가 아니고, 아주, 아주 오랜만에 애덤한테 기대 비슷한 것을 표현했기 때문이다. 부모님이 자기를 언젠가 돌아올 탕아라고 생각하고 그 스토리를 펼쳐 나가기로 한 모양이었다.

5마일을 통과했고 엔도르핀이 돌고 있지만 아직 기쁨이 넘칠 정도는 아니었다. 애덤은 속도를 더 높여 달렸다.

애덤은 엔조를 사랑했었다. 정말 사랑했다. 열다섯 살과 열여섯 살의 사랑이라고 해서 그게 다른 사랑보다 못할 이유가 있나? 적어도 《로미오와 줄리엣》에 나오는 바보들보다는 나이가 많은데. 십 대 시기를 벗어난 사람들은 왜 그때의 감정을 아무것도 아닌 것으로 치부할까? 나이가 들면서 사랑은 끝날 수 있지만 사랑했던 사실은 사라지지 않는다. 그 고통스럽고 황홀한 나날이 진짜가 아닌 것이 되지는 않는다. 진실은 언제나 현재다. 어릴 때에도. 특히 어릴 때에 더.

그는 엔조를 사랑했었다.

그런데 엔조가 애덤이 아직까지도 잘 이해할 수 없는 이유로, 애덤을 사랑하기를 그만뒀다. 그들은 '친구' 사이가 되기로 했다. 어떻게 그게 가능할 수 있는지 애덤은 아직도 모르지만. 애덤은 엔조를 자신의 온 마음으로 전도했다. 아버지 생각처럼 애덤에게 카리스마가 있다면, 왜 엔조가 자기를 사랑하도록 붙들지 못했을까?

"제기랄." 애덤이 호숫가 길 위에서 걸음을 멈추었다. 손을 무릎에 짚고 헉헉 숨을 쉬었다—

"제기랄." 그녀는 호숫가를 떠나 나무 사이를 걷다가 그 소리를 듣는다. 그 순간 다시 또 가슴이 찌릿하다.

한편으로는 그 소리를 따라가고 싶다. 자기를 끌어당기는 그 것을 느끼고 싶다. 다른 사람의 온기만이라도. 그래서 숲속으로 셋, 넷, 다섯 걸음을 걷는다ㅡ

그런데 그 온기가 다시 움직이기 시작했고, 점점 멀어진다.

그녀는 걱정하지 않는다. 그 사람이 그녀가 찾는 사람이라면, 찾게 될 테니까.

그것만은, 오직 그것만은 확실하다.

콧등에서 흐른 땀방울이 보도 위에 셋, 넷, 다섯 개의 검은 방울로 떨어졌다. 엔조와 헤어진 지는 벌써 한참이 지났고, 라이너스와 행복하게 여러 달을 보냈다. 시골에 가까운 이 동네에서 고등학생 때에 그럴 수 있었다는 게 얼마나 말도 안 되게 운이 좋은 일인지. 라이너스와 함께했던 몇 달은 늘 웃음과 다정함이 있는 좋은 시간이었다.

그런데 왜 아직도 이렇게 아플까?

"괜찮니?" 손수 만든 자전거를 탄 노인이 따라와서 물었다.

애덤은 이어폰 한쪽을 뽑았다. "그냥 가슴이 아파서요."

"그럴 때는 말야." 노인은 멈추지 않고 계속 천천히 페달을 밟고 지나가며 말했다. "위스키를 먹어. 많이."

애덤은 하, 하고 한 번 웃음소리를 내고 고개를 흔들면서 다시 달리기 시작했다.

이제 전혀 고통이 느껴지지 않는 단계에 다다랐다. 휴대폰을 보니 달리기 시작한 지 35분이 지났다. 다리가 리듬을 타고 발은 일정한 간격으로 바닥을 차고 팔이 앞뒤로 흔들리며 균형을 잡았다.

강해진 느낌이야, 애덤은 의식적으로 생각했다. 나는 강해. 애덤은 좀 더 빨리 달렸다.

그래도 부모님이 애덤을 사랑하긴 했다. 사랑할 거다. 나름의 방식으로. 다만 부모님의 방식에는, 말하지 않아도 애덤이 알아서 따라야 하는 규칙이 내포되어 있었다. 애덤도 그 규칙이 뭔지 모르지 않았다. 다만 따르기가 힘들 뿐.

그래도 애덤은 사랑했다. 사랑도 받았다. 그건 확실했다. 부모님이 아니라 앤젤러한테 받았지만. 앤젤러는 애덤이 엔조를 사랑한다는 사실을 애덤에게 말해 준 사람이기도 하다(사실 엔조에게 그 사실을 말해 준 사람도 앤젤러다). 그 일이 일어나기 조금 전에 애덤은 자기가 남자아이들에게 느끼는 감정에 어떤 이름을 붙였고, 심지어 이미 동정도 잃었으니(이건 또 다른 이야기지만), 애덤이 엔조에게 어떤 감정을 느낀다는 사실을 전혀 의식하지 못했던 것은 아니다. 그런데 이상하게 앤젤러는 무언가에 이름 붙이는 것을 극렬하게 반대했다.

"내가 셸리 모건한테 키스하고 싶다고 해 봐." 앤젤러가 말했다.

앤젤러 집 텔레비전 앞에 누워 있던 애덤은 쿠션 너머로 앤젤러를 돌아봤다. "그래?"

"글쎄, 그렇다고 할 수 있지. 내 말은, 안 그런 사람이 어디 있어? 걔는 반은 뱀파이어고 반은 애기 마멋이잖아."

"그런 게 좋아?"

"너 말고 다들 좋아하거든. 이제 입 닥치고 들어 봐. 그리고 내가 커트 밀러한테도 키스하고 싶을 수 있지."

"윽, 벌써 했다며. 솜털투성이 얼굴에."

"그게 왜? 난 귀엽던데. 그런데 내가 셸리와 커트 둘 다하고 키스하고 싶고 그것도 같은 날 그러고 싶다고 해 보자. 그러면 나는 어떤 사람이지?"

"굶주린 사람?"

"아니. 너는 '바이'라고 해야 되고 나는 너한테 소리를 질러야지. 아니면 네가 '걸레'라고 하고 내가 정말 진심으로 너한테 소리를 지르거나."

둘은 다운로드 받아 보던 영화에서 잘생겼지만 멍청하고 털을 말끔히 정리한 근육질 남자가 좀비에게 물어뜯기는 장면을 잠시 봤다. 애덤과 앤젤러의 여러 공통점 중 하나가 달달한 청소년 취향 영화를 싫어한다는 것이다. 둘은 가능하면 언제나 공포 영화를 골랐다.

"구역질 나." 앤젤러가 화면을 보며 도리토스를 먹으면서 말했다.

"하지만 바이가 맞잖아?"

"아 이런, 넌 꼬리표 붙이길 좋아하는 파시스트지."

"또 시작이다."

"내 말은, 왜 꼭 뭐라고 이름을 붙여야 하냐고. 안 붙이면 자유로운데. 안 붙이면 자기실현을 할 수 있잖아. 꼬리표 따라 굳어질 필요 없이 유동성을 유지할 수 있다고."

"하지만 정체성을 갖는 것도 유동성을 갖는 것만큼 힘이 될 수 있는데?"

"넌 정말 네가 남자애들만 좋아한다고 확신해? 가능성을 열어 놓는 게 뭐 어때서?"

"왜냐하면 내가 지금까지 자라 온 방식이 나한테는 한 가지 길밖에는 없다고 가르쳤으니까. 그것 말고 다른 길은 잘못이라고. 확연히 옳은 길에서 일탈한 거라고."

"내 말이 그러니까—"

"내 말 들어 봐. 내가 깨달았을 때 말야, 내가 이러해야 한다고 들어 온 그런 존재가 아니고 다른 존재라는 걸 알았을 때, 그 꼬리표가 나한테는 전혀 감옥같이 느껴지지 않았어. 완전히 새로운 지도라고 할까, 그 지도는 나만의 것이고 이제는 내가 원하는 여행을 할 수 있고 어쩌면 그 안에서 집을 찾을 수도 있을 것 같았어. 그러니까 내 세계를 축소한 게 아니었어. 열쇠를 주었지."

앤젤러는 생각에 잠긴 듯 도리토스를 하나 더 먹었다. "그래. 이해할 수 있어."

"게다가 만약에 내가 여자애들한테도 감정을 느낀다면 상대가 당연히 너 아니겠어?"

"아, 꺼져, 순둥아. 넌 너무 키가 커서 안 돼." 그러면서도 앤젤러는 카펫 위를 기어 애덤에게 다가와 어깨에 머리를 기댔다. 앤젤러는 웃옷을 입지 않은 금발 여자의 머리통이 잘리는 장면을 잠시 보더니 말했다. "그런데 커트보다 셸리하고 더 입 맞추고 싶은 것 같아."

"어쨌건 간에 네가 허락하기 전에는 너를 바이든 뭐든 어떤 호칭으로도 부르지 않겠다고 약속한다."

"네가 편협한 꼬리표에서 해방감을 느낀다니 나도 그 문제에 토를 달지 않겠다고 약속한다."

"좋아." 애덤이 앤젤러의 정수리에 입을 맞췄다.

"그런데 너는 언제 엔조 가르시아한테 대시할 거야?"

"엔조?" 애덤은 정말로 깜짝 놀랐다. 그런데 곧 갑자기 놀라움이 사라졌다. "아." 애덤이 말했다. "아, 그래."

그렇게 하여, 그날로부터 3주가 지나기 전에 돌아온 앤젤러의 열여섯 번째 생일에(앤젤러는 애덤보다 네 달 먼저 태어났는데 정말 고맙게도 그렇다고 누나 노릇을 하려 하지는 않았다), 애덤 말고 초대받은 사람은 약간 놀란 듯한 엔조와 살짝 당황했지만 정말로 무척 상냥한 셸리 모건뿐이었다.

"내 계획 들어 봐." 부모님이 네 사람을 볼링장에 내려 준 뒤에 앤젤러가 애덤과 엔조에게 작은 목소리로 말했다. "나는 오늘 저녁에 셸리하고 좀 더 친밀한 사이가 되면 어떨지 알아볼 생각이니까 너희 둘은 자리를 좀 피해 줘. 엔조, 다행히도 애덤이 널 완전 사랑하니까 둘이 할 얘기가 많을 거야."

충격으로 침묵에 빠진 두 사람을 두고 앤젤러는 가 버렸다. 애덤은 앤젤러가 그 말을 한 순간에 웃음으로 상황을 모면했어야 한다는 걸 뒤늦게 깨달았다.

그런데 이미 그 순간은 지나갔다. 엔조가 알게 됐다. 그날 밤에 두 사람은 건물 바깥 으슥한 곳에서 키스를 했다. 엔조한테서 프레츨 맛이 났고 입술은 졸린 강아지처럼 따스하고 부드러웠다. 애덤은 정말 말 그대로 황홀감을 느꼈다. 평생 그렇게 목마른 적이 없었던 것 같았다.

앤젤러도 셸리 모건과 키스하는 데 성공했지만, 포도 향이 나더라고 말했다. "케어베어 곰 인형하고 키스하는 느낌이었어."

그렇게 해서 엔조와 애덤이 만나게 되었다. 열일곱 달, 일주일, 그리고 사흘 동안.

6마일을 넘겨 달렸을 때 호숫가 길이 크게 구부러져 숲으로 들어갔다. 귓가에서는 여전히 음악이 왕왕거렸지만 그래도 이곳에 접어들면 사방이 고요한 느낌이었다. 길에는 아무도 없고 호수는 빽빽한 나무 너머로 사라졌다. 애덤은 발과 살짝 다른 패턴으로 숨을 들이마시고 내쉬었다. 그늘 아래를 지나는데 갑자기 서늘함이 몸을 훑고 지나갔다. 온몸이 땀으로 젖은 모양이었다. 반팔 셔츠가 가장자리까지 젖어 있었다.

러닝 앱을 다시 확인했다. 지금 최고 속도니 그럴 만도 했다.

한참 뒤에야 속도가 붙는 게 아니라 이 속도로 전체 구간을 달릴 수만 있다면 애덤은 쓸 만한 크로스컨트리 주자가 됐을 것이다.

어쩌면 앤젤러의 농담에서부터(만약 그게 농담이었다면) 결국은 엔조와 그렇게 될 수밖에 없었던 문제가 시작되었는지도 모른다. 앤젤러는 엔조도 애덤한테 관심이 있을 거라고 생각해서 도와주려던 것이었지만, 만약 엔조는 아니었다면, 그 한마디 말로 애덤을 도매금으로 넘겨 버린 셈이었다.

"정말 날 사랑해?" 키스하기 직전에 엔조가 물었다. 엔조의 아름다운 얼굴에 반은 안 믿긴다는 듯 반은 재미있다는 듯한 웃음이 떠올랐다.

왜 아니겠나? 사랑을 받는다는 건 누구를 절박하게 사랑하는 것보다 훨씬 더 쉬운 일이니까.

숲이 끝나고 느닷없이 회색 사각형 콘크리트 보도블록이 나온다. 그녀는 마치 기대던 벽이 사라진 것처럼 공중으로 고꾸라질 뻔한다.

그녀는 놀라며 몸을 일으킨다.

내가 여기 있어.

숲을 통과하는 동안 발에 상처가 났다. 땅바닥에는 녹색 숲의 파편들뿐 아니라 인간이 버린 쓰레기도 흩어져 있다. 깨진 유리, 녹슨 쇼핑 카트, 온갖 색깔의 플라스틱, 전부 다 추했다. 작은 공터에는 사용한 피하 주사기가 잔뜩 널려 있어 그 위를 지나갈 때 발이 콕콕 찔렸다. 마치 고슴도치한테 공격을 당한 것 같았다.

그러나 피가 나지는 않았다. 아픔도 다른 방에 있는 것처럼 아득하게 느껴졌다.

지금 앞에, 콘크리트 보도블록 너머에, 문을 닫은 채로 방치

된 낡은 편의점이 있다.

목이 말라, 그녀는 생각한다.

"목이 말라." 소리 내어 말한다.

"여기서는 아무것도 안 팔아요, 아가씨." 어떤 목소리가 대답
한다.

남자다. 건물 옆 낡은 쓰레기통 그늘에 사람이 앉아 있었는데
옷이며 피부, 머리카락, 모두 먼지와 같은 색이라 눈에 뜨이지
않았다.

그녀는 대답하려 한다. 무슨 뜻이냐고 물으려 한다. 그러나
입이 말을 듣지 않는다. 입 밖에 낼 수 있는 유일한 말, "목이 말
라" 하고 다시 힘겹게 내뱉는다.

남자는 더 잘 보기 위해서 몸을 그늘 밖으로 내민다. 온통 수
염으로 덮였고 햇빛 아래 오래 있어서 주름이 가득한 얼굴이지
만, 걱정스러운 기색이 비친다. "뭔가에서 깨어난 거요?" 그러
더니 혼잣말을 하듯이 다른 말투로 말한다. "아마 뽕이겠지, 그
래 뽕일 거야, 숲속에 조제소가 그렇게나 많으니. 하지만 얼굴
은, 뽕이 얼굴을 녹이는데 저 얼굴은 녹지 않았네, 저 얼굴은 물
위의 해야, 세상에, 물 위의 해, 물 위의 해로군." 남자가 다시 소
리 높여 말한다. "병원에 가야 하는 거 아니요?"

'뽕'이라는 단어가 기이하고 차갑고 무시무시한 느낌으로 배
를 관통한다. 그리고 다시 안에서 단어들이 떠올라 목이 메도록
차오른다. 아니야, 아니야, 아니야―

"아니야." 그녀가 말한다.

"여자가 보이지만 저 사람 말이 진실인지는 모르고, 그 말이 내 질문에 대한 답인지도 모르고, 내 얼굴에 와 닿는 해가 저 사람 얼굴에 와 닿는 해, 물 위에 뿌려진 해, 얼룩지고 움직이고 숨 쉬는 해와 같은 것인지 아닌지도 모르겠구나." 남자가 말한다.

남자는 몸을 일으키고, 자기가 일어났다는 사실에 놀란다. 다시 한번 말을 건다. "나를 겁내지 말아요." 남자는 그늘 안으로 손을 뻗어 뚜껑을 딴 검은색 캔을 집는다. "갈증은 달랠 수 있지만 많이 마시면 안 돼요, 이렇게 더울 때는. 해가 이렇게 쨍쨍 내리쬘 때는."

남자가 한 걸음 다가간다. "여기요, 아가씨, 나한테 가까이 오고 싶지 않겠지요. 나한테 다가오길 기대할 수는 없어. 내가 가야 해. 갈 거야. 가야 해. 하지만 나를 다치게 하지는 않을까?"

"그러지 않겠어." 그녀가 말했고, 말하는 순간 그게 진실임을 안다.

남자는 뻣뻣하고 고통스러운 걸음걸이로 회색 콘크리트 바닥을 가로지른다. 팔을 뻗으면 닿을 거리에 못 미쳐서 걸음을 멈춘다. 더 이상은 가까이 다가가지 못하겠다는 듯이 힘겹게 캔을 앞으로 내민다.

그녀가 다가와 캔을 내민 손을 양손으로 붙잡는다. 남자는 살이 닿는 순간 놀라 헉, 하고 숨을 들이마신다. 그녀는 남자의 냄새를 맡을 수 있다. 씻지 않은 몸, 가난, 처절한 외로움의 냄새.

그녀는 캔을 잡고, 캔을 내민 손을 쥐고, 뒤집어 거친 손바닥 위를 손가락으로 쓸어 본다.

"이 손." 그녀가 말한다. "이 손이 나를 죽였어."

"이 손이 아니요."

"이런 손."

"손은 다 똑같아요. 다 다르지만 다 똑같아요."

그녀는 손을 놓았고, 아직 캔을 들고 있다는 걸 깨닫는다. 강한 효모 냄새가 살아 있는 듯 올라온다.

마신다. 기찻길 기차와 팀파니 두드리는 소리, 안개 속 등대의 맛이 난다. 그녀는 소리 내어 웃고, 거품이 턱을 타고 흐른다.

"아, 이거 정말 싫어." 그녀가 자기 목소리이면서 다른 사람 목소리이기도 한 목소리로 말한다. 그녀는 충격으로 말을 잃는다.

이런 건 처음 마셔 봐, 그녀가 생각한다.

전에 마셨는데 싫었어, 그녀가 생각한다.

"둘 다 사실이야." 그녀가 말한다.

"언제나 그래요." 남자가 말한다.

"말해 줘요. 내가 몇 명으로 보여요?"

"당신이 원하는 만큼의 수로 보겠습니다."

그녀는 그가 사실을 말하는지, 여기 위쪽 어딘가에서 새 떼처럼 맴돌며 자기가 발을 헛디디기를 기다리는 질문들에 답해 줄 수 있을지 궁금하다. 그녀는 어떻게 여기 왔나? 어디로 가나?

심장에 박힌 가시는 무엇이고 거기에 무엇이 묶여 있나?

아니다. 이 사람은 자기 상태만으로 힘겹다는 걸 알 수 있다. 그는 상처받은 인간이다. 많은 사람들이 그렇듯이. 버틸 수 있는 한 버텨 보려고 애쓰는 사람. 실망감조차 들지 않는다. 오직 연민만 느낄 뿐.

"고마워요." 그녀는 캔을 건네며 진지하게 말한다.

"나에게 돌려주네. 나에게 햇빛을 비추고 나에게 고맙다고 했어."

"진심이에요."

"나에게 고맙다고 하네."

남자는 여자가 콘크리트 바닥을 지나 한적한 길로 나가는 것을 본다. 무언가 진지한 목적에 몰두하는지, 깨진 유리 조각이 발에 박히는데도 신경 쓰지 않는다.

"떠나가네." 남자가 캔에 든 것을 마시며 말한다.

파우누스가 조심스러운 당나귀처럼 말발굽을 따각거리며 콘크리트 바닥 위로 올라섰는데도 남자는 여전히 놀라지 않는다. 파우누스는 거구에 아랫도리는 털로 덮였고 머리에는 뿔이 있고 야생동물처럼 몸에 아무것도 걸치지 않아 털 없는 가슴팍이 훤히 보이는데, 코를 찌르는 짐승 냄새를 풍겨 매운 박하 향을 맡은 것처럼 남자의 콧구멍이 뻥 뚫린다. 파우누스가 남자에게 손을 뻗는다.

"내 눈을 만지고 있어. 이건 꿈이야. 꿈일 수밖에 없어. 나에게 망각을 안겨 주는데 망각이 달콤하구나." 남자가 말한다.

파우누스는 행복감에 빠진 남자를 그대로 두고 떠난다. 남자의 기억에는 오직 행복한 느낌만이 남을 것이다. 파우누스는 중천에 뜬 해를 올려다보고 서둘러 여자를 쫓아간다. 낮은 길지만, 그래도 언젠가 끝난다.

일몰까지다. 일몰까지밖에는 시간이 없다.

애덤은 호숫가 길이 끝나는 지점에서 7마일을 채웠다. 집까지 가는 길이 1마일이다. 여기에서 왼쪽으로 돌아가면 4마일을 더 달릴 수 있다. 그쪽에는 문 닫은 세븐일레븐과 메스 조제소밖에 없다. 아마 이 지역 메스 공장 절반은 거기에 있을 거다. 러닝이 특히 잘되는 날에는 (특히 잘 안되는 날이나) 그쪽으로 돌아가 기도 하지만 오늘은 그럴 시간이 없었다.

오른쪽 길로 들어서 길 끝에 있는 주차장을 가로지르는데 형이 트럭을 타고 와서 기다리고 있었다.

"애덤!" 마티 형이 이어폰을 꽂은 애덤의 귀에도 들릴 정도로 크게 소리쳤다.

"달려야 돼!" 애덤이 소리쳤다. 애덤은 최고 속도를 유지하며 비포장길로 접어들었다. 갓길이 없어 차에 치어 도랑에 빠지기 십상인 길이다. 이 길 중간쯤에 앤젤러네 농장 서쪽 울타리가 있다. 이쪽에서 앤젤러의 집은 안 보이지만 앤젤러네 말과 염소가 풀을 뜯는 게 보일 때가 있다.

"어이, 동생." 형이 트럭을 몰고 애덤을 따라오면서 애덤이 음악 소리를 줄이기를 기다렸다. "호숫가 길로 들어갈 때 빵빵 하고 불렀는데. 못 들었나 봐."

"그랬네."

"타. 할 얘기가 있어."

"안 돼. 형 아버지랑 같이 일하고 있던 거 아니었어?"

"어, 그래." 마티의 목소리에 이상한 기색이 있어서 애덤은 형을 돌아보았지만, 그래도 달리기를 멈추지는 않았다.

눈부신 형. 거의 하얗게 보일 정도의 금발 머리. 얼굴에 난 털까지도 밝은 금색이었다. 어깨는 떡 벌어졌고 웃는 얼굴은 형을 세상에서 가장 잘나가는 젊은 목사로 만들고도 남을 정도로 눈부셨는데, 안됐지만 애덤이 겪어 본 주일 학교 교사 중에서 가장 따분한 사람이 마티였고 그래서 아버지도 안타까워하는 것이었다. 들리는 말에 따르면 형이 다니는 신학교에서 가장 따분한 설교자로 성장하는 중이라고 한다.

그 정도로 잘생겼으니 당연히 좌중을 휘어잡을 거라고들 생각해서 아무도 카리스마 있는 설교법 따위를 가르쳐 주려고는 하지 않을 거다. 그러니 육체적 아름다움은 사람이 받을 수 있는 저주 중에서 가장 좋은 저주임에 분명하다. 어쨌거나 저주는 저주다.

"내일 설교 내용을 제안했는데 마음에 안 드신대." 마티가 애덤을 따라 천천히 차를 몰면서 말했다. "'어린애 뻘소리'라고 하셨어."

"아버지는 오리건 출신이면서 왜 애팔래치아 시골뜨기처럼 말하지?"

"신학교에서는 그런 걸 '소탈함'이라고 불러."

"나 집으로 가는 길이야. 이제 집중해야―"

"타. 태워 줄게."

"싫다니까." 애덤은 계속 달렸다. 마티는 뒤쪽에 차가 오지 않는지 보면서 계속 천천히 애덤을 따라왔다. 이 길은 워낙 아무도 안 다녀서 애덤이 애용하는 길이었다.

마티도 방학이 끝나면 아이다호주 시골에 있는 기독교 대학 4학년에 올라간다. 마티는 신학 대학에서 목사가 되려고 수련을 받고 있고, 졸업하면 '반석 위의 집' 교회에서 일하다가 언젠가는 아버지에게 교회를 물려받을 계획이었다. 이게 마티가 간절히 원하는 것이었는데, 안타깝게도 마티가 이 일에 너무 부적격이라는 사실이 서서히 확인되는 중이었다.

"좀 들어 봐―"

애덤이 결국은 뛰기를 멈췄다. "지금 러닝 중이라고! 아니 정말 눈이 없는 거야, 아니면 신학교에서 형이 세상에서 제일 중요한 사람이니까 다른 사람은 뭘 하거나 말거나 상관 안 해도 된다고 배우기라도 한 거야?"

"후아, 왜 이렇게 화를 내는 거야?"

"원하는 게 뭔데?" 울타리 너머에서 풀을 뜯던 앤젤러네 말과 염소가 호기심이 드는지 점점 가까이 다가오는 게 곁눈에 들어왔다.

마티는 바로 대답하지 않고 트럭을 공회전시키면서 그냥 앉아 있었다. "일단 타면 말하기가 쉬울―"

"형―"

"나 아버지가 될 거야."

애덤이 눈을 꿈벅였다. 말과 염소도 눈을 꿈벅였다. 너무 이상한 소리라 애덤은 처음에는 못 알아들었다. "가톨릭 신부(father)가 될 거라고?"

마티가 놀라더니 눈을 흘겼다. "그 아버지 말고."

애덤이 트럭 조수석 창문으로 한 걸음 다가갔다. "그럼⋯⋯."

"그래."

"빌어먹을, 지금 장난해?"

마티가 눈을 감았다. "욕 안 하고 말하면 좋겠다―"

"카티아를 임신시켰어?"

카티아는 마티와 오래 사귄 여자 친구다. 벨라루스인 미녀고 솔직히 말해 유대인에 대해서 조금 인종주의적인 면이 있었다. 카티아는 복잡한 정부 지원과 후원의 경로를 거쳐 마티와 같은 기독교 학교 공대에 다니게 되었다. 캠퍼스에서, 어쩌면 아이다 호주 전체에서 가장 아름다운 두 인간이 짝이 되는 게 필연처럼 느껴졌다. 카티아가 우리 집에 온 적이 있는데 저울을 가져와서 자기가 먹는 음식의 양을 달았다. 애덤의 부모님은 카티아를 무서워했다.

애덤은 형이 침을 삼키는 걸 봤다. "카티아가 아냐." 마티가 말했다.

"뭐……." 애덤은 창턱에 손을 얹었다. "아, 형. 무슨 짓을 한 거야?"

마티는 휴대폰을 꺼내서 손으로 몇 번 쓸더니 사진을 보여 주었다. (당연하게도) 엄청나게 예쁜 흑인 여자가 (모임이 아니라) 파티에서 쓰는 파란색 일회용 플라스틱 컵을 들고 웃는 사진이었다. 마티와 비슷한 또래였고 마티네 학교 티셔츠를 입고 있었다. 마티가 지금까지 한 번도 언급한 적이 없는 사람이었다.

"이름은 펠리스야." 마티가 웃으면서 말했다. "행복하다는 뜻이야."

"아. 그래. 그렇다면 아무 문제 없겠네. 별자리는 뭐래?"

마티는 금발 눈썹을 움찔거리며 말했다. "사자자린가? 그건 왜—"

"형! 도대체 어쩌다가 임신을 시켰냐고! 바보가 아니고서야 피임이라는 거 몰라? 그 친구도 몰라?"

"학교에서 피임을 좋게 안 봐." 마티가 못마땅한 듯 말했다.

"임신보다 더?"

"거기까지 갈 생각은 없었는데—"

"잠깐만." 애덤의 심박수가 급속도로 떨어지고 있었다. 근육 조직이 이미 운동 후 회복 단계로 들어가 부풀어 오르기 시작했을 것이다. 빨리 다시 달리지 않으면 몸이 식어서 돌덩이처럼 되어 버린다. "왜 나한테? 왜 뜀박질하는 나를 쫓아와서ㅡ" 애덤이 눈을 가늘게 떴다. "엄마 아빠한테 말 안 했구나."

마티는 이제야 좀 무안한 기색이 되었다. "누군가한테는 말해야 할 것 같았어."

애덤이 숨을 내뱉었다. "애는 당연히 낳을 모양이네."

"당연하지! 낙태는 생각도 안ㅡ"

"여자가 아니면 형이?"

"우리 둘 다!"

"낙태가 현명한 방법일 수도 있어."

마티는 실망한 듯 고개를 저었다. "아빠가 너에 대해서 한 말이 맞구나. 네가 어딘가에서 길을 잃었다는 거."

"애초에 길에 나설 생각조차 안 해 본 사람들이 그렇게 말하지. 게다가ㅡ" 형이 미안하다고 말하려는 걸 막으며 애덤이 말했다. "아빠가 형에 대해서 한 말은 완전히 틀렸다는 데서 위안을 얻을 수도 있겠어."

둘은 잠시 말이 없었다. 도로는 여전히 조용했고 트럭 엔진 소리만 촉촉한 아침 공기를 갈랐다. 말과 염소는 귀를 쫑긋 세운 채로 풀을 씹었다. 애덤은 땀에 젖은 머리카락을 손으로 쓸었다.

"결혼할 거야?"

마티가 고개를 끄덕였다. "펠리스가 어제 알고는 나한테 전화했어." 마티가 함박웃음을 웃었다. "그래서 바로 청혼했어."

"전화로?"

"펠리스는 덴버에 있는 가족들한테 바로 말한대. 나는 이번 주말에 부모님께 말할 거고. 우리 둘 다 살아남으면 4학년 올라가면서 바로 결혼할 거야. 캠퍼스에 결혼한 학생들이 사는 집이 있어."

"어디에? 1952년에?"

마티가 부드럽게 웃었다. 마티는 언제나 부드럽게 웃는다.

"나한테 바라는 게 뭔데?" 애덤이 물었다. "축하? 축하해 줄게. 그 여자분 존재를 알게 된 30초 동안의 시간과 형이 보여 준 사진 한 장을 근거로 말하는데, 정말 잘된 일이야."

"그 애를 사랑해. 진심으로 사랑한다고. 그 애도 날 사랑한다 그러고."

"카티아는 어떻게 된 거야?"

"걔는 좀 성격이 안 좋았어."

"그래?"

마티는 다시 멋쩍은 표정이었다. "오늘 밤 네가 모임에 가 있는 동안에 부모님한테 말할 생각이었어. 혹시 너……."

"혹시 뭐?"

"혹시 너도 부모님한테 말하고 싶은 중대한 이야기 있지 않아?"

"뭐?"

"우리 둘이 같이 얘기하면 화력이 분산되어서 각자 좀 덜 맞지 않을까 싶어서."

"부모님한테 말할 중대한 이야기 뭐?" 애덤은 형을 노려보며 똑똑히 입 밖에 내어 말해 보라고 형을 도발했다. 마티가 아무 말 않자 애덤이 말을 맺었다. "이 일 때문에 부모님이 아무리 화를 낸다고 해도, 화를 내긴 하겠지만, 결국 손주를 얻는 거잖아. 위기만 넘기면 형은 해피 엔딩이라고." 애덤은 이 말을 덧붙이지 않을 수 없었다. "언제나 그랬던 것처럼."

"언제나 그런 건 아니었어." 마티가 말했다.

"나보다는 자주 그랬지."

마티가 다시 고개를 저었다. "넌 아직 어리잖아. 사랑에 빠지는 게 어떤 건지도 아직 모를 테고. 그래도 언젠가는 알게 될 거야. 그렇게 믿어."

"형은 스물둘이잖아. 형은 사랑에 대해 뭘 아는데?"

"애덤—"

"형이 같이 잔 여자가 펠리스가 처음이 아니라면 두 번째겠네. 맞지?"

"그게 무슨 상관—"

"자, 첫째로 내 성생활이 이미 형보다 훨씬 왕성하고—"

"그런 건 알고 싶지 않아—"

"둘째로, 나도 사랑이 뭔지 알아."

"아니야, 넌 몰라. 십 대의 사랑은 사랑이 아냐. 게다가 그게……." 마티가 말을 멈췄다.

"게다가 그게 뭐?" 애덤이 트럭 안으로 고개를 들이밀며 목소리를 높였다. "게다가 그게 뭐?"

마티는 정말 괴로운 표정이었다. "부모님이 모르는 줄 알아? 늘 나한테 네 얘기를 한다고."

"나하고는 내 얘기를 안 하니까 나는 부모님이 그것에 대해서는 아예 생각을 안 하려고 애쓰시는 걸로 알고 있어."

"애덤, 나는……." 마티는 손을 공중으로 들어 올렸으나 할 말이 떠오르지 않자 다시 손을 운전대 위에 얹었다. "나는 널 사랑해. 하지만 네가 택한 삶이라는 게 어떤 건지 네가 알아야—"

"말조심해 형. 진심이야. 형이 안 보는 사이에 세상이 많이 달라졌다고."

마티는 애덤의 눈을 똑바로 보며 말했다. "그건 진정한 사랑이 아냐. 다들 그게 사랑이라고 믿지만 아니야. 영원히 그렇게는 안 될 거야."

애덤은 너무 화가 나서 숨이 가빠졌다. 배 속에서 분노와 아픔이 솟구쳐 공기가 기도로 잘 들어가지 않았다. 애덤은 어떤 한마디를, 형에게 던져 줄 적절한 한마디를, 형의 얼굴에 떠오른 사람 미치게 만드는 동정의 표정이 싹 가시게 만들 한마디를, 이 트럭을 부서뜨리고 형의 생각 없는 오만함을 무너뜨릴 한마디를, 영혼을 할퀴는 바보 같은 대화를 일격에 끝낼 한마디를 던지고 싶었다.

그러나 결국 이 말밖에는 안 나왔다. "등신."

애덤은 다시 달리기 시작했고 다시 음악을 틀었다. 말과 염소가 멀어지는 애덤의 뒷모습을 바라보았다.

몸이 이미 뻣뻣하게 식어 버려서 골절된 다리로 달리는 것처럼 고통스러웠지만 알 바 아니었다. 트럭을 뒤로하고 그냥 달렸다.

널 사랑하지만…….

항상, 항상 그랬다. "널 사랑하지만……."

애덤은 더 빠르게 달렸다. 더 빨리. 더욱 빨리.

이 분노, 끝나지 않는 지긋지긋한 분노. 늘 이런 식인 건가? 이렇게 계속 쥐어짜이고 또 짜이며 늘 분노에 절어 살다가 정작 정말로 분노해야 할 때가 언제인지 모르게 되는 걸까?

애덤은 계속 밀어붙였다. 보폭을 더 벌리고 손을 펴고 높이 치켜 흔들며 전력 질주를 했다.

난 이런 것 원하지 않아. 애덤은 생각했다. 이런 사람이 되고 싶지 않아. 항상 싸움만 하고 싶지 않아.

사랑하고 싶어.

사랑하고 싶어.

엔조를 사랑하고 싶어.

다리가 물리적 한계에 다다랐다. 다리가 몸에서 분리되어 제

멋대로 노는 것 같았고, 동상이라도 걸린 것처럼 여기저기가 쿡쿡 쑤셨다. 여기서 멈춘다면 균형을 잃고 말 것이다. 쓰러지지 않으려면 계속 달리는 수밖에 없었다.

라이너스를 사랑하고 싶어. 애덤은 생각했다.

라이너스를 사랑하기를 원하고 싶어.

애덤은 작은 도랑 길을 따라 출발한 방향과 반대쪽 길로 집을 향해 달렸고, 집 앞 소화전을 결승선으로 삼고 속도를 점점 더 높였다. 소화전, 소화전까지—

소화전을 지나친 다음에는 빙빙 돌면서 속도를 늦추었다. 심장이 터질 듯 뛰었다. 뛰는 맥박이 눈에 보일 정도였다. 애덤은 어항 밖에 나온 금붕어처럼 가슴을 벌떡이며 숨을 들이마셨다.

이어폰에서는 음악이 계속 쾅쾅거렸다. 엄마가 흔해 빠진 모양의 밀짚모자 챙 아래에서 애덤을 보고 있었다. 엄마는 언어학 학위가 있고 아직 마흔세 살밖에 안 됐지만 무슨 이유인지 늘 쿠키 광고에 나오는 할머니 같은 차림새였다. 그게 소탈함인가 보지. 어쨌거나 엄마는 생각보다 일찍 할머니가 될 모양이었다.

애덤은 계속 헉헉 숨을 쉬며 빙빙 돌아 관자놀이와 귀에서 울리는 심장 소리를 가라앉혔다. 구토를 할 정도로 심하게 밀어붙여 달린 적이 두 번 있었는데, 괴롭기도 했지만 뭔가 이루어낸 것 같은 기분도 들었다. 안전한 범위를 넘어서 내 존재를 지워 소멸될 수 있는 지점에 도달한 것 같았고 거기에서 힘을 느꼈다.

애덤은 자기 손이 떨리는 게 러닝 때문인지 아직 화가 들끓고 있기 때문인지 몰랐다.

애덤은 걸음을 멈추고, 허리를 굽히고, 코로 숨을 쉬려고 했다. 엄마가 뭐라고 말하는 게 들려 고개를 숙인 채로 음악을 껐다. "뭐라고요?"

엄마는 삐죽 튀어나온 국화 송이를 무자비하게 잘라 내며 말했다. "왜 그렇게 요란을 떠는지 모르겠다고 했어. 그냥 뜀박질이잖아."

"뭐라고요?"

엄마가 꼴사납게 푸푸거리는 소리를 냈는데, 애덤은 잠시 뒤에야 엄마가 자기 호흡 소리를 흉내 냈다는 걸 알아차렸다. "그냥 동네 한 바퀴 돌고 와서는. 마라톤이라도 한 줄 알겠다."

애덤이 침을 꿀떡 삼켰다. "형이 여자 친구 임신시켰어요."

엄마는 단 1초도 애덤 말을 귀 기울여 듣지 않았다. "아, 쇼 좀 그만해. 아가, 언젠가 네가 어른이 되면 우리가—"

"이번 주말에 말할 거래요. 결혼하고 학교에 있는 가족 숙소에서 산대요."

엄마는 대꾸하려고 입을 열었다가, 다시 닫았다가, 다시 열었다. "그런 얘기 재미없어. 재미있다고 생각할지 모르지만 거짓말이야. 게다가 네 형을 두고 어떻게 그러니."

"호랑이도 제 말 하면 온다더니 들어오네요." 기가 막힌 타이밍에 마티의 트럭이 집 쪽으로 들어오고 있었다.

엄마 표정이 무서워졌다. "재미없다고."

"저도 재미있다고 생각 안 해요. 형이 아기 키울 돈에다 마지막 학년 등록금까지 어떻게 구할지 모르겠네요. 우리 집도 쪼들리는데."

두 사람은 마티가 차를 세우는 것을 보았다. 마티는 둘의 표정을 보고 얼마나 심각한 사태가 벌어졌는지 가늠하려고 했다. 그 모습을 보고야 엄마는 상황을 받아들인 모양이었다.

"카티아가?" 엄마가 속삭이는 듯이 말했다.

"아뇨." 애덤이 말하고 음악 소리를 높인 다음 엄마가 소리를 지르기 전에 안으로 들어갔다.

애덤은 바로 욕실로 샤워하러 갔지만 쏟아지는 물줄기 아래에서도 바깥 소리가 들렸다. 엄마가 울부짖는 소리가 들렸다. 정말 슬퍼서라기보다는 한바탕 울 좋은 기회가 생겼기 때문일 수도 있었다.

마티가 집으로 들어와서 화장실 문을 두들겼다. "왜?" 마티가 소리쳤다. "왜 그랬어?"

애덤은 그냥 손을 목 뒤에 대고 머리를 물줄기 안에 밀어 넣었다.

왜 그랬을까?

가슴이 아직도 쓰라렸지만, 이제 분노는 사그라들고 상처가 생기기 시작한 걸 느낄 수 있었다. 늘 애덤을 사랑한다고 말하는 식구들이 계속해서 상처를 새로 내어서 가슴팍에 사라지지 않는 상처가 있는 것 같았다.

오늘은 엔조가 떠나는 날이니 원래 울게 되어 있는 날이라는 건 알았다. 하지만 지금은 아니었다. 지금은 울지 않을 거다.

어쨌든 식구들은 어디를 겨눠야 가장 아픈지 알았다.

애덤을 가장 아프게 하는 것은, 만약에 그 말이 맞는다면 어떡하지 하는 생각이었다. 나에게 문제가 있는 거라면? 내 안 깊은 곳에 있는 존재의 본질과 정수가 타락했다면? 존재를 이루는 토대부터 아주 작은 오류가 있어 생의 첫 순간부터 내내 갈라진 금에 땜질에 땜질을 거듭하면서 살아온 것이라면? 뼈대 위에 겉꺼풀만 덮여 있을 뿐 내면이나 중심이라는 게 없다면? 아무것도 없이 텅 비어 있다면?

내가 사랑할 수 있을까? 애덤은 생각했다. 그럴 수 있을까?

사랑받을 수 있을까?

애덤은 샤워를 마치고 물기를 닦고는 마티가 나간 걸 확인하고 욕실에서 나와 자기 방으로 갔다. 사악한 초대형 글로벌 기업체의 유니폼으로 갈아입었다. 당연히 폴리에스테르 재질이지만 그래도 맞춤복이었다. 직원들이 가난해 보이면 고객이 불편해할까 봐 사악한 초대형 글로벌 기업체에서 배려한 것이다. 애덤은 자동차 열쇠와 라이너스 집에서 갈아입을 옷, 휴대폰을 챙겼다.

잠깐 망설이다가 문자를 보냈다. '먼저 이야기해서 미안해 형. 하지만 형도 사과해야 해.'

문자를 보내고 다른 이름을 불러냈다. '마티가 여자 친구 임신시켰대. 농담 아님.'

'뭐라고?!?!' 앤젤러가 답장을 보냈다. '주디 블룸도 안 읽었대?'(주디 블룸의《포에버》는 청소년의 성과 피임, 임신 들을 주제로 다룬 선구적 청소년 문학이다-옮긴이)

'집 분위기가 살얼음판이야. 엄마가 울고 있어.'

'넌 좋겠다. 우리 부모님은 무슨 일이 있어도 눈썹 하나 꿈쩍 안 해.'

애덤은 미소를 지었지만 농담을 들었기 때문에 웃은 것이지 웃을 기분은 전혀 아니었다.

애덤은 문밖 소리에 귀를 기울이며, 아무도 마주치지 않고 집에서 빠져나갈 적당한 순간을 기다렸다.

사악한 초대형
글로벌 기업

사실을 간단히 말하자면 애덤 가족은 겉보기보다 가난했다. 애덤이 사는 집은 (국화도 포함해서) 세금 문제 때문에 교회 소유로 되어 있는데, 목사 가족이 월세를 안 내고 살 수 있다는 게 이 일의 최대 특전이다. 하지만 가족 명의로 된 집이 없으니 집을 담보로 대출을 받아 마티의 학비나 애덤이 진학했을 때 필요한 학비 따위를 충당할 수도 없었다. 게다가 '반석 위의 집' 교회 목사 월급은 집이 혜택에 포함되어 있기 때문에 놀라울 정도로 적었다.

프롬에서 가장 큰 복음주의 교회 '생명의 방주'는 사정이 확연히 달랐다. 이 교회가 '반석 위의 집' 라이벌은 아니지만—이 교회나 저 교회나 다 하느님의 사역을 하는데 라이벌이라니 그런 말은 하면 안 되지만, 사실 빅 브라이언 손 목사는 경쟁심이 뼛속 깊이 물든 사람이었다. 손 목사가 '반석 위의 집'에서 보낸 나날은 같이 사역을 하는 '생명의 방주'를 신도 수나 경건함에서나 압도하기 위한 장기 작전이었으나, 지금까지는 별 성과가 없었다.

그리하여 여전히 '생명의 방주' 목사 테리 라그란드와 아내 홀리준은 토요일 밤까지 포함해 네 차례 예배에 매번 천 명이 넘는 사람들을 모았다. 목사 부부가 모는 금색 메르세데스가 신앙이 세속적 부로 보상받는다는 설교의 증거 같기도 했다. 게다가 목사 부부에게는 완벽한 갈색 머리 딸 셋이 있고, 첫째 딸은 기독교 음악 레코드사와 음반 계약을 해서 곧 〈(예수를 위해 사는) 싱글 여성들〉이라는 데뷔곡이 나온다고 한다.

손 가족은 외적으로는 라그란드 가족과 별반 다르지 않게 보이려고 애를 썼다. 내적으로는, 애덤의 엄마가 작년에 시애틀 국방성 언어분석가 일자리를 잃은 뒤로는 겨우겨우 펑크 나지 않게 근근이 버티는 지경이다. 애덤은 아르바이트를 될 수 있는 한 많이 해서 겨우 추레해 보이지 않게 옷을 사 입고 생활 정보지를 통해 4백 달러에 산 20년 된 혼다 자동차에 기름을 넣을 수 있었다.

그래서 사악한 초대형 글로벌 기업체의 거대한 창고에서 웨이드 길링스 밑에서 일해야 했다. 웨이드 길링스는 서른여덟 살에 아직도 창고 관리직에서 벗어나지 못했고, 육중한 몸에 바지가 터질 듯 살이 쪘고 너무, 너무 손버릇이 안 좋았다.

"애덤!" 애덤이 웨이드의 벽장만큼 작은 사무실 앞을 지나갈 때 웨이드가 소리쳤다. 웨이드의 손이 문가로 나와서 애덤의 왼쪽 엉덩이를 찰싹 쳤다.

애덤은 눈을 질끈 감았다. "전에 말했잖아요. 인사부에 얘기하겠다고요."

콧수염이나 층을 내 커트한 머리카락이나 요즘 유행과 수십 년은 차이가 나는 외모의 웨이드가 아픈 강아지 같은 표정을 지으며 낑낑거리며 우는 척했다. "저는 애덤 손인데 거시기가 아파요. 이러겠다는 거지?"

"아, 진짜—"

"너 지각이야."

"아니, 지각 아니에요."

"거의 지각이야. 늦었다고 보고할 수도 있어."

"나를 계속 붙들고 출근 기록을 못 하게 하면 지각이 되겠죠."

웨이드가 씩 웃었다. "내가 널 붙들고 있기를 바란다는 말이지?"

애덤은 벽에 붙어 있는 시간 기록 장치를 누르려고 몸을 돌렸는데, 그러느라 웨이드에게 등을 보였다는 사실을 한발 늦게 깨달았다. 웨이드는 애덤의 오른쪽 엉덩이를 찰싹 때리며 말했다. "일하러 가. 캐런하고 르네가 가정용품에 있어."

애덤은 한숨을 쉬고 시간을 기록했다. 상점 뒤쪽에 있는 거대한 창고의 가정용품 코너로 가는데 전화가 울렸다.

'집안 소동 때문에 어째 예감이 안 좋다.' 앤젤러가 보낸 메시지였다. '내가 과민한가?'

'아니, 넌 평소랑 똑같아.' 애덤이 답장을 보냈다.

'평소가 역사적으로 안 좋았는데. 그래도 오늘 밤에 만나면 좋아지겠지.'

'무슨 일 있어? 할 얘기 있다는 게 뭐야?'

'아냐, 걱정하지 마. 웨이드가 또 건드렸어? 너무나 부적절해.'

애덤은 초등학교 3학년 때부터 앤젤러를 알긴 했는데 친해진 것은 5학년 때 관측소로 1박 2일 현장 학습을 갔다 오면서부터다. 관측소에 간 날 밤, 워싱턴주의 10월이니 당연히 하늘에 구름이 잔뜩 끼어 있었지만 대비책으로 관측소에 플래니테리엄이 있었다. 그래서 열 살짜리 아이들 서른 명이 슬리핑 백에 들어가 누웠다. 앤젤러의 엄마 달링턴 부인을 포함해 따라온 부모님들도 꽤 많았다. 다 같이 누워 머리 위에 우주의 모습이 펼쳐지는 것을 봤다. 그런데 그게 14분짜리여서 너무 일찍 끝나는 바람에 다시 돌렸다. 네 번째 다시 틀자 불만의 소리가 터져 나왔고, 그래서 관측소 직원이 1980년대 이후로는 대중에 공개하지 않았다는 '레이저 쇼'를 보여 주었다. 졸린 열 살 아이들 서른 명이 〈다크 사이드 오브 더 문〉을 자장가 삼아 잠에 빠져들었다.

다음 날 아침 애덤 아버지한테서 한 시간 늦게 데리러 가겠다는 문자가 왔다. 나바르 부인이 류머티즘 관절염에 신앙 요법을 요구했기 때문이라고 했다. "정말 그것 때문이라고?" 앤젤러의 엄마는 이렇게 물었지만 어쨌든 자기가 집에 데려다주겠다고 했다. 애덤과 앤젤러는 뒷좌석에 말없이 앉아 있었고, 애덤의 엄마보다 열 살 이상 많은 달링턴 부인이 뒷거울을 보면서 자꾸 말을 걸었다.

"재미있었니? 실제 우주 관찰은 못 했지만 플래니테리엄 쇼는 멋있던데. 적어도 첫 번째 볼 때는. 아, 그리고 레이저 쇼 때문에 옛날 생각 나더라. 네덜란드에 살 때 언니랑 몰래 레이저 쇼장에 들어갔는데 마리화나 연기가 어찌나 자욱한지 레이저가 3D처럼 보이더라고. 앤젤러, 거기서 팜케 이모가 더크 이모부를 만났단다. 어쩌면 그날 네 사촌 루카스를 임신했을지도 몰라."

"엄마!" 앤젤러가 손에 얼굴을 묻으며 말했다.

"응?" 앤젤러 엄마가 거울로 애덤을 흘깃 봤다. "미안, 애덤. 당황했겠구나."

"당황 안 했어요." 애덤이 대답했다. 달링턴 부인은 애덤이 만나 본 여느 엄마들하고는 다른 방식으로 말을 했다. 애덤은 계속 듣고 싶었다. 달링턴 부인이 이어 말했다.

"우리 부모님은 자식을 애기 취급하고 민감한 화제는 극구 피하는 건 아동학대나 다름없다고 했어. 그렇게 포대기에 감싸 키우면 아무것도 모르는 채로 세상에 나가 잡아먹히기 딱 좋다고. 나는 어른들이 내가 발꿈치를 들고 어른들 눈높이에 맞추기를 기대하는 게 어른들이 몸을 숙여 나한테 맞춰 주는 것보다 좋더라. 내가 무슨 얘기 하는지 알겠니?"

"이해해요." 애덤이 말했다. 애덤은 열 살 때에도 그런 식으로 말했다. 앤셀러가 얼굴을 가린 손 아래로 애덤을 곁눈으로 봤다. "우리 엄마 아빠는 제가 그렇게 자라기를 바라지 않으시는 것 같아요."

애덤의 말에 달링턴 부인이 웃음을 터뜨린 순간 트럭이 빨간 불을 무시하고 달려와 달링턴 부인의 차를 뒤에서 쳤고, 차가 빙그르르 돌아 교차로를 가로질러, 둑 아래로 한 바퀴 반 굴러서, 다행히 깊지는 않은 물 위에 뒤집힌 채로 멈췄다.

달링턴 부인은 크게 다쳤다. 팔과 고관절이 골절되어서 거의 1년 동안 농장 일을 못 했다. 하지만 덩치 작은 앤셀러와 아직 폭발 성장기에 접어들기 전인 애덤은 뒷좌석 안전벨트가 붙잡아 준 덕에 거의 아무 데도 부딪히지 않았고, 책 한 권이 굴러 앤셀러의 이 한 개를 부러뜨리고 애덤의 눈에 멍을 남긴 것 말고는 멀쩡했다.

애덤은 차가 멈춘 직후를 기억했다. 달링턴 부인이 정신이 들어 아픈데도 애들이 놀랄까 봐 터져 나오는 신음 소리를 꾹 누르기 전, 애덤과 앤셀러는 나란히 뒤집힌 채로 안전벨트에 매달려 충격으로 눈만 끔벅이고 있었다. 급작스럽고 격한 적막 속에서 앤셀러가 애덤을 돌아보더니 손을 뻗어 대롱대롱 늘어진 애덤의 손을 잡았다.

앤셀러가 아주 진지하게 물었다. "숙제 있어?"

"아침 먹기 전에 했어." 애덤이 대답했다. "제니퍼 풀로스키가 부모님 이혼한다고 엉엉 울기 전에."

"아, 그래. 나도." 앤젤러가 충격으로 떨리는 목소리로 말했다. 그러고는 앞좌석을 보며 울먹이는 소리로 불렀다. "엄마?"

애덤과 앤젤러는 그때 이후로 단짝이었다. 거의 죽을 뻔했던 일이 단단한 우정의 탄탄한 기반이 됐다. 애덤은 달링턴 가족을 좋아했다. 앤젤러를 사랑했다. 가족을 택할 수 있다면 당연히 달링턴 가족을 택할 것이었다. 어쩌면 이미 그 가족을 자기 가족으로 삼았는지도 모르겠다. 애덤이 다시 휴대폰을 보고 앤젤러가 무슨 말을 하려는 걸까 생각하던 참에 캐런과 르네가 눈에 들어왔다.

캐런이 코팅 프라이팬 라벨을 스캐너로 찍으면서 말했다. "우리 아빠는 내가 메스 공장 근처에 얼씬대기라도 하면 알래스카에 있는 할머니한테 보내 버릴 거래. 알래스카로. 스물세 개가 있어야 하는데."

"말도 안 돼." 르네가 애덤을 보고 눈인사를 하면서 말했다. "흑인이 메스 하는 거 봤어? 여섯, 열둘, 열여덟, 스물두 갠데."

"알래스카 흑인들은 할지도 모르지." 캐런이 재고 결손을 기록하면서 말했다. "우리 할머니가 아닌 사람들."

"양쪽 할머니 다?" 르네가 애덤에게 말했다. "안녕, 애덤. 이 일 하는 데 세 명이나 필요하나?"

"내가 물건 꺼냈다가 올리는 거 할게. 웨이드가 가정용품하고 총기를 오늘 오후까지 마치래."

"웨이드가 원하는 건 유니폼을 입은 네 엉덩이 보는 거지." 캐런이 조금 더 큰 코팅 프라이팬을 스캔하면서 말했다. "27.2개가 있어야 한다고 나오는데. 프라이팬에 어떻게 소수점이 있을수 있지?"

"프라이팬을 0.2개 찍는 게 가능해?" 르네가 말했다.

애덤이 스캐너 봉을 가져가더니 손으로 세게 한 대 치고 돌려줬다. 캐런이 다시 스캔했다. "스물일곱 개." 캐런이 무표정하게 농담을 했다. "내 마술봉 때려 줘서 고마워."

"별말씀을." 애덤은 다음 코너로 가서 다양한 냄비들을 선반에서 내렸다.

사촌지간인 캐런과 르네는 애덤과 같은 학년인데, 둘은 같이 코믹콘(만화와 애니메이션을 주제로 한 박람회로 참가자들이 흔히 코스프레를 한다-옮긴이) 행사에 다니는 괴짜들이고 근무 시간도 맞춰서 늘 같이 다녔다. 한번은 둘이 코믹콘에 가기 전에 '젬과 홀로그램스'(TV 애니메이션 시리즈 〈젬〉에 나오는 밴드-옮긴이)의 두 멤버로 코스프레를 하고 위에다 유니폼을 입고 출근한 적이 있다. 웨이드는 전혀 눈치 못 챘다.

"너희 살인 사건 이야기하고 있던 거야?" 애덤이 물었다.

"응." 키가 작은 쪽인 캐런이 말했다. "르네가 걸 스카우트 할 때 캐서린 반 루엔을 알았대."

"백만 년 전이야. 그 언니가 케이티라고 불릴 때 얘기지." 르네가 키는 더 컸지만 성격이 소극적이라 캐런이 옆에 없을 때는 거의 아무 말도 안 했다. 르네는 배 쪽에 인슐린 주사 때문에 흉터가 생기기 시작했는데 전에 애덤에게 보여 준 적이 있다. "착한 언니였어. 그때도 좀 길 잃은 느낌이긴 했지만."

"애들은 제 발로 길에서 벗어나지 않아." 캐런이 냄비를 스캔하면서 눈살을 찌푸리며 말했다. "누군가가 그렇게 되게 만드는 거지."

"너 앤젤러처럼 말한다." 애덤이 프라이팬을 다시 선반에 올려놓으면서 말했다.

"앤젤러처럼 말하는 사람이 더 많아져야 돼."

"나도 그렇게 생각하긴 해."

"목이 졸리는 악몽을 자꾸 꿔. 요새는 스카프도 못 두르겠어." 르네가 말했다.

"맞아. 르네는 정말 그런대." 캐런이 말했다. "하지만 난 불에 타 죽는 게 더 싫어. 훨씬 더 싫어."

"불 때문이면 빨리 죽잖아. 목이 졸리면 죽기까지 한참이 걸린다고."

둘은 잠시 말없이 일하면서 생각에 잠겼다. 애덤은 수를 헤아린 냄비를 다시 선반에 올리고 아직 세지 않은 수저류 묶음을 선반에서 내렸다. 무게가 1톤은 되는 것 같았다.

"정말 흑인들은 메스 안 해?" 애덤이 물었다.

"안 해. 멍청한 백인들이나 하지."

그녀는 통나무집 뒷마당에 서 있다. 고요하다. 삼면이 숲과 자갈길로 둘러싸였고 나머지 한 면에는 다른 통나무집이 있다. 오랫동안 방치된 통나무집이다. 풀이 무릎까지 자랐다.

통나무집 주위에 노란색 테이프로 폴리스 라인이 쳐 있다.

그녀는 풀을 밟으며 천천히 걸어 사람들 발자국이 낸 오솔길을 따라 통나무집 앞쪽 문으로 간다.

"나 여기 알아." 그녀는 아무에게나, 그녀의 눈에는 보이지 않지만 숲 가장자리에서 그녀를 지켜보고 있는 파우누스에게 말한다.

호숫가 통나무집이다. 외딴길 건너에 있고 호숫가에서 떨어져 있어 요금이 싼 쪽이다. 조금 전에 지나온 편의점에서 관리했었는데, 편의점이 문을 닫으면서 여기도 더 이상 운영을 안 한다.

하지만 여전히 불법적으로 이용된다.

"내가 이런 걸 어떻게 알지?" 그녀는 얼굴을 찌푸리며 말한다.

파우누스는 말해 주고 싶다. 여왕님이 겁에 질린 영혼에 붙들려 사로잡혔다고. 영원히 길을 잃을 위험에 처했다고 말해야 한다. 그런데 말할 수 없다. 파우누스는 해를 올려다볼 뿐이다. 정오 고점을 지난 지 거의 한 시간이 되었다. 파우누스는 걱정스럽다. 아주 걱정스럽다.

그녀는 풀밭을 가로질러 통나무집 앞으로 간다. 잠시 머뭇거리다가, 현관으로 올라서며 노란 테이프를 치운다. 잠기지 않은 현관문 앞에서 우뚝 멈춘다.

폭력의 냄새가 난다. 여기에서 끔찍한 일이 일어났다. 한 번이 아니라 여러 번, 여러 해에 걸쳐. 인간의 절망. 두려움. 스스로에게 저지르는 폭력.

"우리가 우리에게 저지르는 폭력." 그녀가 속삭인다.

분노가 솟구친다. 문을 갑자기, 빠르게, 거세게 밀자 문이 경첩에서 툭 떨어진다. 그녀는 폭풍이 몰아치듯 안으로 들어가고, 그녀의 맨발이 닿은 바닥에 불이 붙어 연기가 솟는다. "너 여기 있지! 너 여기 있지! 나한테 이럴 거야?"

그녀는 방 한가운데에서 멈춘다. 아무도 없다. 왜 누가 있을 거라고 생각했을까.

그건 과거였다.

"나 이곳 알아." 다시 말한다.

마룻바닥에 음식물 봉지와 화장지, 주사기 따위 쓰레기가 널려 있고, 거의 실체로 느껴질 만큼 강력한 악취가 풍긴다. 그녀는 무릎을 꿇고 바닥을 손으로 만진다.

"여기였어." 그녀는 문가에 서 있던 파우누스를 돌아보며 말한다. "그런가?"

파우누스는 순간 놀란다. "그렇습니다, 여왕님. 제가 보이십니까—"

그녀는 파우누스를 보지 않는다. 그에게 말을 거는 것도 아니다.

"여기였어." 다시 말한다.

파우누스는 그녀가 바닥에 손바닥을 대는 걸 본다. 그 자리가 타면서 연기가 피어오른다.

"여기가 내가 죽은 자리야."

"오늘 엔조 거기 갈 거야?" 르네가 조심스레 물었다.

캐런과 르네는 공식적으로는 애덤과 엔조 사이를 모른다. 사실 아무도 공식적으로는 모른다. 애덤과 엔조조차도 몰랐을지 모른다. 그래도 조금이라도 관찰력이 있는 사람은 (그리고 누구네 부모님처럼 일부러 알기를 거부하지 않는 사람은) 누구나 알듯이 캐런과 르네도 비공식적으로는 알았다. 스무 살 아래인 사람 중에서는 둘 사이를 이상한 눈으로 보는 사람이 하나도 없는 것 같았지만, 애덤의 집에서 애덤의 삶을 지배하는 사람들은 스무 살 아래 청소년들이 아니었다.

"응." 애덤이 대답했다. "너희는?"

"가려고. 호수는 별로 안 좋아하지만. 너무 추워." 캐런이 대답했다.

"설마 수영은 안 하겠지." 르네가 약간 겁먹은 듯 말했다. "하려나?"

애덤은 모른다고 했다. "앤젤러랑 내가 앤젤러 알바하는 가게에서 피자 가지고 가기로 했어."

"왜?" 캐런이 작은 테이블을 스캔했다. 한두 종류밖에 없어 쉬운 일이었다. 르네와 애덤은 할 일이 없어 잠시 놀고 있었다.

"왜냐고?" 애덤이 되받아 말했다. "그러면 안 돼?"

"걔네 엄마 의사잖아. 아들 피자 사 줄 돈이 없을 것 같진 않다고."

"걔네 부모님이 돈 주실 거야." 애덤은 그 문제를 생각해 보지는 않았고 누가 돈을 낼지 엔조와 의논하지 않았다는 게 떠올랐지만, 그냥 그렇게 대답했다. 그쪽 부모님이 돈을 준다고 했던가? "내가 갖고 가겠다고 했어." 애덤이 말했다.

"너 참 착하다." 캐런이 애덤을 보지 않고 말했다.

"캐런." 르네가 작은 목소리로 눈치를 줬다.

"뭐?" 캐런이 말했다. "쟤가 누군가한테 계속 퍼 주고 아무것도 돌려받지 않겠다고 해도 내가 상관할 일은 아니지. 안 그래?"

"그런 게 아니―" 애덤이 입을 열었다. "엔조가 그런 게―" 애덤은 그럴 필요도 없는데 작은 테이블을 선반에 올렸다. "어쨌든 엔조는 이제 가니까 더 얘기할 것도 없어. 사실 얘기할 게 뭐가 있다고?"

"실연당한 건 부끄러운 게 아니에요." 캐런은 낮은 소리로 노래를 불렀다. 애덤은 못 들은 척했다.

왜 피자를 가져간다고 했을까? 게다가 아마도 자기 돈을 내고? (아니다. 엔조네 부모님은 좋은 분들이다. 바쁘긴 해도 너그럽다.) 엔조 친구니까? 친구 사이라면 그럴 만도 하지 않나? 그 친구 사이에 둘 중 한 명만 볼 수 있는 깊고 쓰라린 고통이 있기는 하지만?

"진짜 진지하게 생각하는 건 아니지?" 둘이 '친구'가 되기 전, 마지막 날 밤에 엔조가 말했다. 엔조가 애덤에게 사랑한다고 말한 지는 몇 달이 지났고 애덤이 말한 지는 단 2초가 지났을 때였다. 애덤은 물론 그게 마지막이 되리라고는 생각 못 하고 한 말이었다.

"그냥 좀 놀아 본 거지." 엔조가 애덤의 눈을 피하면서 말했다.

처음에는 엔조가 농담을 하는 줄 알았다. 농담일 수밖에 없었다. 지난 열여섯 달이 진지한 게 아니라면 뭐였나? 그게 사랑이 아니라면? "십 대의 실험이라고 할까." 엔조가 말했다. 그런 것이었다고.

그때 애덤은 지킬 수도 있었을 것이다. 최소한 자존감은 지킬 수 있었다. 끝까지 진실했다면. 하지만 엔조의 얼굴에 두려움이 보였다. 애덤이 너무나 잘 아는 얼굴, 입 맞췄던 입, 웃고 우는 걸 보았던 눈. 엔조는 겁에 질려 있었고 그래서 애덤은 마음이 약해졌다.

"그래." 애덤이 억지로 웃었다. "그냥 놀아 본 거지." 애덤은 다시 한번 억지웃음을 꾸몄다. "사랑해 어쩌구 하면서, 하하하."

"내 말이." 엔조가 말했다. "가끔 이러는 것도 좋지만 그냥 여자 친구 생기기 전까지 친구끼리 좀 도와주는 거라고 봐."

"나는 여자 친구 사귈 생각 없어." 애덤이 잠시 뒤에 겨우 말했다.

"아 그래, 난 사귀려고." 엔조가 다시 시선을 돌리며 말했다.

애덤이 스스로에게 정말 솔직하게 생각해 보면, 이게 정말 그렇게 놀랄 일이었을까 싶기도 하다. 그동안 엔조가 했던 말을 전부 복기해 보자면, 엔조가 먼저 '사랑해'라고 말한 적이 있었나? 아니면 애덤이 사랑한다고 했을 때 '나도 사랑해'라고만 했던 걸까?

엔조는 애덤과 달랐고, 그렇다는 사실을 애덤은 늘 스스로에게 일깨웠다. 애덤은 말로 표현했다. 엔조는 애정을 보여 줬다. 그러지 않았나? 엔조는 정말 다정했다. 사랑한다는 말을 자주 입 밖에 내지는 않을지라도 서로 주고받는 손짓으로, 키스로, 섹스로 되풀이해서 말하지 않았나.

"왜 굳이 이름을 붙여야 해?" 사실 엔조는 전부터 그렇게 말했다. "그냥 지내면 안 돼?"

애덤은 "그래" 하고 대답했다. 그냥 "그래"라고. 꼬리표가 아니라 지도라는, 앤젤러를 설득할 수 있었던 논리는 꺼내 보지도 않았다. 왜 그랬을까? 왜 설득하려고 하지 않았을까? 왜 엔조가 내미는 걸 그냥 그대로 받기만 했을까? 따지지도 요구하지도 않고. 자존감조차 지키지 않고.

엔조를 사랑했기 때문이었다. 어쩌면 그것 말고 다른 이유는 필요 없었기 때문인지도 모른다. 어쩌면 사랑해서 바보가 되었기 때문인지도 모른다.

아니면 외로워서 그렇게 되었거나.

이런 이유가 있었다. 애덤이 처음 면허를 딴 날. 그날.

애덤이 열여섯 살이 된 지 두 달이 되었고 엔조와 사귄 지 여섯 달이 되었을 때. 시험장에서 평행 주차를 하다가 보도 가장자리에 부딪혔기 때문에 떨어진 줄 알았다. 그런데 감독관이 (최근에 힘든 일을 겪었는지 거의 눈물을 터뜨릴 지경으로 보였다) 부딪히는 걸 못 보았거나 아니면 정신이 딴 데 가 있었던 모양이다. 서류철만 보고 있다가 그냥 통과시켜 줬다.

애덤은 엄마 차에 엔조를 태우고 드라이브를 나갔다. 물론 절대 큰 도로에는 얼씬대지 않고 한 시간에 한 번씩 엄마에게 전화를 걸어 차를 망가뜨리지도 않았고 죽지도 않았다는 사실을 보고하기로 하고 나왔다. 새로 면허를 딴 사람은 처음 6개월 동안 형제자매 말고 다른 사람을 태우면 안 된다는 주 규정이 있지만 그냥 무시했다. "우린 형제처럼 보이잖아." 엔조가 말했다. 사실 둘은 전혀 형제처럼 보이지 않았다.

애덤과 엔조는 '데니스' 패스트푸드 식당에 가서 모차렐라 치즈스틱과 스크램블드에그 샌드위치로 면허 딴 것을 축하했다.

"호수로 가자." 다 먹고 나자 엔조가 말했다.

"호수에는 맨날 가잖아." 애덤이 말했다.

"우리끼리만 간 적은 없잖아. 반대편에는 안 가 봤고."

"반대편에는 아무것도 없어."

그 말에 엔조가 웃었다.

호수 반대편은 공식적으로 국립 공원에 속했다. 비공식적으로는 예산 부족 때문에 편법으로 대마를 재배하는 곳이었고, 여기에서 컬트 제의가 벌어진다거나 헐벗은 남자가 짐승 털을 입고 있는 게 목격되었다는 터무니없는 소문도 있었다.

"대낮이니까 괜찮을 거야." 엔조가 말했다.

"곧 해가 질 텐데." 인정하기 싫었지만 호수 반대편으로 간다고 생각하니 애덤은 긴장이 되었다. 실제로 위험한 일이야 없겠지만 부모님이 알면 어떻게 될까 하는 걱정 때문이었다. 사실 요즘에는 거의 모든 일에 마찬가지 걱정이 들긴 했다.

"알아. 너한테 보여 주고 싶은 게 그거야." 엔조가 말했다.

그래서 호수로 갔고 엔조가 길을 안내했다. 전설로 듣던 것처럼 위험스럽게 보이지는 않았지만, 그들이 지나친 통나무집에서 나중에 캐서린 반 루엔이 실제로 살해당했으니 어쩌면 전설이 다 거짓은 아니었을 수도 있다.

"어디 가는 거야?" 애덤이 물었다.

"비밀 장소."

"어떻게 알았는데?"

"사실 확실하진 않아. 인터넷에서 봤어." 엔조는 애덤을 쳐다봤다. "너한테 무슨 선물을 줄까 생각하다가."

"그런 생각을 했어?" 애덤의 가슴이 부풀어 올랐다. 아랫도리도 살짝 부풀어 오르는 것 같았고 웃음이 터져 나오려는 것도 억눌러야 했다.

우스꽝스럽게도.

"여기서 돌아." 엔조가 말했다. "여기쯤인데……."

"와." 애덤이 감탄하며 완전히 버려진 듯 보이는 작은 주차장으로 들어가 차를 세웠다. 앞쪽 나무들이 완벽한 실루엣을 이루며 레이니어 산을 떠받치고 있었고, 레이니어 산은 석양을 정면으로 받아 수고양이처럼 대담하고도 가슴 저리는 분홍색으로 물들어 가고 있었다.

"여기 아무도 모르는 최고의 경치가 있었네." 엔조가 말했다.

"멋있다." 애덤이 말했지만 뜻하지 않은 아름다움을 표현하기에는 턱없이 모자란 말이었다. 워싱턴주의 자랑인 레이니어 산이 마치 애덤 혼자만 볼 수 있도록 여기에 놓여 있는 것 같았다. 엔조가 애덤에게 선물한 광경이었다.

그건 사랑이 아닌가? 엔조가 시간을 들여 생각을 했다는 것, 애덤이 운전면허 딴 것을 축하할 선물을 마련하려고 수고를 들였다는 것, 애덤을 만나기 전에 미리 고민했다는 게?

"사랑해." 애덤이 산을 보면서 말했다.

"알아." 엔조가 대답했다. 그 말에는 아무 가시가 없었다. 그냥 단순한 사실을 진술하는 말이었다.

"우리 부모님은……." 애덤이 목구멍으로 치밀어 오르는 것을 삼키면서 말했다. "네가 없었으면 난 어쨌을지 모르겠다, 엔조."

"그것도 알아." 엔조는 애덤의 팔에 손을 얹고 다른 손은 머리로 가져가 애덤을 끌어당겨 입을 맞췄다. 엔조가 "이 주차장은 일몰 말고 다른 걸로도 유명해" 하고 말했다면, 엔조가 콘돔을 미리 챙겨 왔다면, 그리고 둘이 애덤 엄마의 기아 자동차 앞좌석에서 그 유명한 일을 했다면, 이 모든 일이 사실이라면, 엔조가 저녁놀 풍경을 생각하고 애덤을 위해 그걸 아껴 놓았고 두 사람이 옷을 벗었을 때 엔조가 육체적인 것 너머를 보는 듯한 얼굴로 애덤에게 "너 정말 아름다워"라고 말한 것도 사실이었다.

어떻게 그게 사랑이 아닐 수 있지?

"사랑해." 엔조의 짙은 색 몸 아래 흰 몸뚱이의 애덤이 다시 말했다.

"아, 나도 널 정말 사랑해." 엔조가 리듬을 타며 애덤의 눈꺼풀에 입을 맞췄다.

아, 나도 널 정말 사랑해. 애덤은 그 뒤로 생각해 보면 당혹스러울 정도로 여러 달 동안 그 말 한마디에 매달렸다. 엔조가 "우리 그냥 좀 놀아 본 거잖아" 하고 말하기 전까지 여러 달 동안.

결국 엔조는 둘의 관계가 그런 것이라고 결론을 내렸으니까.

애덤은 둘 사이가 어떻게 끝났는지 앤젤러에게조차 명확히 말하지 않았다. 앤젤러한테는 뭐든 다 말하는데도. 앤젤러에게는 60대 40으로 합의했다고만 했다. 사실은 100대 0이었지만.

그런데도 앤젤러는 불같이 화를 냈다.

"그 새끼 죽여 버릴 거야." 앤젤러가 말했다.

"괜찮다니까."

"전혀 안 괜찮아 보여."

"그냥…… 좀 실망해서 그래. 친구 사이로 남기로 했어. 괜찮아."

"왜 나한테 거짓말하는지 모르겠다." 앤젤러는 열 살 때 차 안에 거꾸로 매달려 있을 때처럼 애덤의 손을 잡았다. "하지만 지금 버티려면 그래야 할 수도 있겠지. 난 괜찮아. 만약 네가 쓰러지면 내가 옆에서 받아 줄게. 어쩌면 안 될 수도 있겠다. 넌 거인이니까. 아무튼 옆에서 네가 자빠지는 거 보고 있다가 밴드 가지고 올게."

만약 앤젤러에게 진실을 말한다면, 자기가 엔조에게 얼마나 많은 것을 쏟아부었는지─온갖 희망과 가능성, 자기 삶까지 쏟아부었는지를 이야기하고 울기라도 한다면, 그럼 정말 모든 게 끝나 버릴 것 같아 그럴 수가 없었다. 엔조가 어쩌면 겁이 나서, 관계가 너무 깊어지자 머리가 약간 홱 돌아서, 어쩌면 뭔가 다른 문제가 있어서 잠시 떠난 것일 수도 있으니까. 엔조 부모님도 꽤 독실한 가톨릭교도니까.

돌아올 것이다. 돌아올지도 모른다. 그래서 엔조와 사이에 걸쳐 있는 다리를 태워 버릴 수가 없었다.

그 마지막 밤이 열 달 전이다. 앤젤러는 애덤이 여전히 엔조에게 친절하게 대하는 걸 꾹 참아 줬다. 그러나 그 일도 차차로 모두에게 별게 아닌 일이 되었다. 시간이 흘렀기 때문만은 아니고(시간이 흐른 게 가장 크긴 했지만) 라이너스 덕이기도 했다. 애덤이 사랑하는 라이너스. 사랑하고 싶어 하는 라이너스. 아직은 사랑을 이야기하기에 너무 이른지도 모르지만 그래도 애덤과 라이너스는 서로에게 사랑한다고 말했다. 엔조와 이어진 다리는 아직 불타지 않고 남아 있지만 이제 꽤 오랜 시간 쓰지 않아 폐쇄되었기 때문에 별로 신경 쓸 필요가 없었다.

신경이 쓰일 때를 제외하면. 애틀랜타로 이사하기 전에 피자를 가져다주어야 할 때라든가.

마티가 한 말이 그런 뜻이었을까? 진짜 사랑이 아니라고 한 말? 이 일이 마티가 틀렸음을 입증하는 걸까? 아니면 옳다는 걸 입증하는 걸까?

애덤은 자기도 모르게 눈물이 차오르는 걸 느끼고 놀랐다. 아니, 놀라지 않은 것 같기도 했다. 그게 진짜 사랑이건 아니건, 가슴속 상처에서, 가슴에 가시가 박힌 곳에서, 엔조가 떠난 뒤로 한순간도 아픔이 가신 적이 없었다.

"엔조가 날 버렸어." 애덤이 캐런과 르네에게 소리 내어 말했다.

캐런과 르네는 창고에 떠다니는 먼지 속에서 애덤을 물끄러미 봤다. 애덤이 이렇게 직접적으로 말한 것은 처음이었다.

"알아." 르네가 말했다.

"바보 같아." 애덤이 웅얼거리면서 눈가의 눈물을 닦았다.

"하지만 엔조는 갈 거잖아. 그러니 잘된 일이기도 하고 안된 일이기도 하네." 캐런이 말했다.

"그렇겠지." 애덤이 말했다.

"하지만 너한테는 라이너스 버툴리스가 있잖아." 르네가 말했다. "아냐?"

"우린 라이너스 좋아해. 걔 너드잖아." 캐런이 말했다.

"귀여운 너드." 르네가 말했다.

"내 사생활 이야기는 이제 그만하자—"

"나도 제발 그랬으면 좋겠네." 웨이드가 모퉁이를 돌아오면서 말했다. "친구들이 같이 일하게 놔두는 게 좋은 생각이 아니라면 말해 줘. 각자 시간을 줄이면 되니까."

캐런과 르네는 바로 일로 돌아가 작은 테이블을 마저 스캔했다. 애덤이 둘을 도우러 가려는데 웨이드가 팔을 잡았다. "총기까지 다 마친 다음에 사무실로 와."

애덤은 예방 주사 맞으려는 사람처럼 잡힌 팔을 몸에서 멀리 치켜들었다. "저 한 시에 가야 돼요. 약속이 있어요."

"그러면 총기류를 아주 빨리하면 되겠네. 그렇지?" 웨이드는 장난스럽게 애덤의 배를 치고 갔는데 살짝 너무 셌다.

"개새끼." 캐런이 소리를 낮춰 말했다.

"웨이드가 너네한테도 사무실로 오라고 한 적 있어?" 애덤이 물었다.

캐런과 르네는 고개를 저었다. 캐런은 스캐너를 허리에 차면서 말했다. "총기부터 하고 빨리 끝내자. 무향 양초가 좀 부족하다고 뭔 큰일이나 나겠어."

"으, 난 총이 싫어." 르네가 말했다.

그녀는 자기의 죽음을 본다. 목을 조이는 손을 느낀다. 잿빛 피부 위에 다시 멍이 번지는 걸 본다. 멍이 생긴 곳 위를 손바닥으로 누른다. 쫙 펼친 손가락 사이로 연기가 피어오르고 다시 목이 조여 온다. 쉬어지지 않는 숨, 숨을 삼키고 싶은, 결코 충족되지 않는 욕구. 공포가 스멀스멀 목구멍 안에서 치밀어 오른다.—그런데 목구멍이 꽉 닫혀 버렸으니 그 공포가 어디로 갈 것인가?

말다툼을 한 기억도, 심지어 기분이 상했던 기억조차 없다. 그런데 그 사람, 그 사람, 그 사람이—

"토니." 그녀가 소리 내어 말하자 처음으로 손끝에서 불꽃이 화르륵 솟는다.

토니는 엉망이었다. 메스 중독자들이 다 엉망이지만. 그래도 토니는 대체로 순했다. 토니 전에 만난 남자 친구 빅터는 늘 화를 내서 무서웠지만 토니는 달랐다. 토니는 아니었다.

네가 내 약 가져갔지, 토니가 두 손으로 그녀의 목을 조이며 말했다.

"안 가져갔어." 지금 그녀가 이렇게 말하자 몸에서 솟은 불이 마른 숲에 원 모양을 그리며 번진다. "안 가져갔다고."

같이 약을 했다. 토니가 그녀에게 주사를 놓아 주었다. 약 근처에도 간 적 없는데—

네가 내 약 가져갔지, 토니가 다시 말하자 그 순간 약에 취해 1분에 천 번 박동하는 머릿속을 공포가 찌르르 꿰뚫고 지나갔다.

"나는 죽을 거야." 그녀가 말한다.

네가 가져갔어.

"안 가져갔어."

네가.

가져갔다. 지금은, 이제는 말하고 싶었다. 약기운이 돌기 시작해 토니가 눈을 감았을 때 주머니에 넣었다. 하지만 혼자 하려던 게 아니었다고 말하고 싶었다. 지난번에 토니가 약을 잃어버렸기 때문에 안전하게 간수하려고 챙긴 거라고—

"그렇게 생각하면서 그게 진실이라고 믿었어." 그녀가 말한다. 정말 진실이었을까.

토니가 엄지손가락을 목 아래쪽으로 옮겨 더 꽉 쥐고 누르자 숨을 쉴 수 없었다. 토니가 손을 놓았을 때 겨우 열린 기도로 구토가 밀려왔다. 이제 숨이 사라지고 없었다. 숨이 멎었다.

멀리에서 토니가 우는 걸 볼 수 있었다.

널 사랑했는데, 토니가 그녀를 죽이면서 울었다. 널 사랑했어.

그랬니? 그녀가 생각을 할 때 산소가 뇌를 떠난다. 의식이 불에 사그라들듯 커다란 구멍을 만들며 타서 모든 게 사라진다.

염소인간들이, 토니가 혼란스러워하며 말한다. 정말로 봤어. 저기 호수에. 그런데 다시 보니까 사라졌어.

바닥에 남은 마약 쓰레기 위로 불이 번진다. 불이 금세 퍼져 방을 연기로 가득 메운다. 그녀는 신경 쓰지 않는다.

토니가 그녀의 시체 위에 몸을 숙이고 있는 모습이 환영으로 보인다. 토니는 여전히 약에 취해 있지만 눈먼 분노는 서서히 사라진다.

케이트? 그가 말한다. 케이티?

그녀는 토니가 더듬거리며 뒤로 물러나는 걸 본다. 느리고 둔한 백치 같은 충격이 그를 사로잡는다. 씨발, 그가 말한다. 씨발.

토니는 허겁지겁 주사기를 찾아서, 다시 한 방을 놓고, 약이 돌기를 기다렸다가 다시 그녀의 상태를 확인한다.

여전히 죽어 있다.

"아, 하지만." 그녀가 지금 말한다. "아, 아, 아, 이게 끝이야? 정말? 아, 아, 아."

그녀는 토니가 일어서서 그녀의 겨드랑이 아래에 손을 넣고 몸을 일으켜 가볍게, 무서울 정도로 가볍게 둘러메는 것을 본다. 토니는 울면서 통나무집 안을 훑어 벽돌 두 개를 찾아 원피스 주머니에 넣는다. 그러고는 울면서 통나무집 안에 지옥 불처럼 타오르는 불꽃을 밟고 현관문으로 나가 그녀의 몸을 호숫가로 끌고 간다.

"안 돼." 그녀가 말한다. "안 돼."

통나무집 벽 하나가 갑자기 무너져 내리고, 이어 두 번째 벽이 무너져 내리며 지붕도 주저앉는다. 세 번째, 네 번째 벽도 차례로 무너진다. 그녀는 무너진 토대 위에, 그녀가 느낄 수 없고 그녀가 입고 있는 옷자락 끝도 건드리지 않는 불길 안에 서 있다.

그녀의 눈에는 아무것도 들어오지 않는다. "나는 아직 죽지 않았었어. 호수에 던졌을 때 나는 살아 있었어."

"그랬습니다, 여왕님." 파우누스가 말하지만 아무도 듣지 못한다. "그랬기 때문에 여왕님이 위험에 처하신 겁니다."

총기 스캔이 거의 끝났다. 총은 사슬로 묶고 자물쇠로 잠가 '안전히' 보관하고, 탄약류는 드넓은 창고 다른 쪽에 보관했다. 그렇더라도 누구든 마음만 먹으면 창고 안으로 들어와 반 시간 안에 대량 학살을 벌이기에 충분한 무장을 갖출 수 있을 것이다.

애덤과 르네는 이중 잠금장치를 풀고, 캐런은 쇠창살 안에 몸을 들이밀고 바코드를 스캔했고, 다들 최대한 빨리 마치려고 했다. 이때만은 꼼꼼하게 해야 했다. 총기는 하나라도 없어지면 경찰이 개입하게 된다. 그렇지만 미성년자 세 명이 총기 재고 조사를 한다는 것도 경찰이 개입할 일이긴 했다. 그러니 이 일은 일종의 회색 지대인 셈이다.

"난 총기가 싫어." 르네가 다시 말했다.

"우리 집에도 여섯 개쯤 있어." 애덤이 말했다. 르네가 눈을 동그랗게 뜨고 애덤을 쳐다봤다. 애덤이 어깨를 으쓱했다. "아버지랑 형이 사냥을 해."

"넌 안 하지." 르네의 말은 질문이라기보다 명령에 가까웠다.

"너라면 뭔가 죽일 때 나 같은 아들을 데리고 가겠니? 처음 사냥하러 갔을 때 네 시간 동안 울었더니 그다음부터는 안 데리고 가더라."

"너네 가족 정말 문제 많아." 캐런이 말했다.

애덤이 한숨을 내쉬었다. "오늘 아침에 마티가 여자 친구를 임신시켰다고 하더라."

르네와 캐런 둘 다 하던 일을 멈추었다.

"기독교 학교에서?" 캐런이 물었다.

"응."

"도덕적 기준이 확고한 사람들일수록 쉽게 변한다더라." 르네가 말했다. "우리 엄마가 늘 하는 말이야."

"여자 친구가 흑인이야. 무지막지하게 예쁘더라." 애덤이 말했다.

"아, 세상에. 두 사람 아기 정말 예쁘겠다." 캐런이 거의 역겹다는 말투로 말했다. 마티의 잘생긴 용모는 마티가 졸업한 뒤에도 학교에 거의 전설급으로 전해졌다.

"아니면 정말 못생겼거나. 가끔 미모가 서로 상쇄하기도 하잖아."

"어떻게 할 거래?" 르네가 물었다.

"어쩌겠어? 결혼하고, 예쁘거나 못생긴 아기를 낳고, 일요일마다 교회에서 설교를 하면 정말 지루하긴 해도 보기는 좋다고 생각하는 사람들이 모이겠지." 애덤은 마지막 권총 보관함을 르네와 같이 잠그고 사냥용 총 쪽으로 갔다. "외모가 받쳐 주면 뭐든 쉬워지니까."

캐런과 르네 둘 다 동의한다는 듯 으음 하고 대꾸했다. 둘 다 연애 경험은 별로 없었고, 대학교에 가서 "좀 더 성숙한" 남자애들을 만나기를 기다린다고 했다. 애덤이 잘 아는 남자 대학생은 자기 형밖에 없지만, 형을 생각해 보면 성숙한 남자 친구를 기대하는 친구들 앞날이 그다지 밝지 않다는 생각이 들었다.

캐런이 휴대폰을 흘긋 봤다. "애덤 너 10분 뒤에는 출발해야 한다며. 차라리 속도를 늦춰 천천히 하고 웨이드 볼 시간이 없다고 하면 안 될까?"

"한 번은 부딪쳐야 할 것 같아." 애덤이 르네에게 열쇠를 건네며 말했다. 활과 화살은 총기처럼 이중으로 관리하지는 않았다. "어쨌든 고마워."

"오늘 파티에 꼭 올 거지?" 르네가 다시 수줍게 물었다.

"응. 그런데 왜 그렇게 물어?"

르네가 어깨를 으쓱했다. "그냥…… 내가 좋아하는 사람이 올 거라고 생각하면 마음이 편해져서."

애덤은 가슴속에 따뜻한 기운이 번지는 걸 느꼈다. 르네의 말에는 욕망이나 동경이나 소망 같은 건 전혀 담겨 있지 않았다. 그냥 있는 그대로의 감정을 단순하고 쉽게 말하는 거였다. 애덤은 뜻밖에 감정이 북받쳐서 우스꽝스럽게도 다시 눈물이 핑 돌왔다.

"응. 꼭 갈게." 애덤이 말했다.

애덤은 친구들에게 손 인사를 하고 오늘이 시작된 이래로 가장 가벼워진 기분으로 드넓은 창고를 가로질러 웨이드의 사무실 쪽으로 갔다. 마티 형이 한 말의 상처가 아직 가시지 않았지만 시간이 지나면 잊을 수 있을 것 같았다. 마음이 가벼워지고 1분이나 지났을까, 웨이드가 사무실 문밖으로 몸을 내밀었다.

"들어와서 앉아." 웨이드가 말했다.

"꼭 그래야 돼요?" 애덤이 말했다.

"응." 웨이드 태도가 놀라울 정도로 진지해서 애덤은 일단 안으로 들어갔다. 사무실이 너무 작아서 의자에 앉으려면 문을 닫아야만 했다. 의자에 앉으니 웨이드와 거의 무릎이 닿을 지경이었고, 웨이드의 카키색 바지 가운데가 불룩 튀어나온 것을 정면으로 보지 않을 수가 없었다.

애덤은 의자를 최대한 뒤로 밀며 앉았다. "왜 그러시는데요? 저 금방 가야 돼요."

"그래." 웨이드가 몸을 뒤로 기대며 손을 머리 뒤에 얹었다. 웨이드 다리가 앞으로 나왔다. 왼쪽 무릎이 맞닿았지만 피할 데가 없었다.

"요즘 문제가 있는 것 같은데. 늘 어디 가야 한다 그러고. 빨리 가려고 서두르고."

"무슨 말씀이에요? 근무 시간마다 정시에 오는데요. 아프다고 쉰 적도 없고요. 제가 맡은 시간 꼬박꼬박 다 했는데―”

“그래, 하지만 그 이상은 안 하잖아. 추가로 노력을 안 한다
고. 저기 낄낄대는 여자애들은 근무 시간하고 상관없이 재고 조
사가 끝날 때까지 일하잖아.”

애덤이 인상을 썼다. “이 회사는 초과 근무 수당이 없다고 하
셨잖아요.”

“아, 물론 돈은 안 나오지. 성실한 근무 태도를 인정받으려고
하는 일이니까.”

“잘릴까 봐 겁나서 어쩔 수 없이 하겠죠.”

웨이드가 고개를 갸웃했다. “그럼 넌 아니야?” 웨이드는 몸을
앞으로 숙이고 손끝을 애덤의 무릎에 가져다 댔다. 노골적으로
성적인 동작은 아니라 나중에 필요한 상황이 되면 충분히 해명
할 수 있을 행동이었지만, 어쨌든 이유 없는 접촉인 건 사실이
었다. “네가 언제쯤 추가 노력을 할지 궁금하던 참이거든?”

애덤은 움찔하며 뒤로 물러나려 했으나 갈 곳이 없었다. 웨이
드의 숨에서 커피 냄새와 아침에 먹은 시리얼 냄새가 났다. “학
생이라서요.” 애덤이 침을 삼켰다. 자기가 긴장했다는 사실이
너무 싫었다. “교회에서 아버지 일도 거들어야 하고요.”

“그래 다 좋은 일이지.” 웨이드는 손끝을 벌려 애덤의 무릎 위
를 쓸었다. “하지만 우리는 네가 이곳에도 성실하게 헌신한다는
걸 알아야 하니까.”

“웨이드, 저는―”

"우리는 너를 소중한 직원으로 생각해. 난 너를 잘 알고 우리
는 농담도 주고받고 같이 웃는 사이지—"

"제가 언제—"

"진지하게 말하는 거야, 애덤." 웨이드는 애덤의 허벅지를 손
바닥으로 찰싹 치고는 그 자리에 올려놓았다. 이것 역시 다정한
행동, 나이 많은 어른이 젊은 직원을 격려하는 손짓으로도 볼
수 있는 행동이었다.

하지만 웨이드의 얼굴이 점점 가까이 다가와 웨이드 콧수염
에 맺힌 땀방울까지 보일 지경이었다. "회사에서는 널 잃고 싶
지 않아. 나는 널 잃고 싶지 않고."

애덤은 다시 침을 삼켰다. "왜 절 잃는다는 건데요?"

"예산 감축. 경기 침체."

"경기는 회복세잖아요."

"해고가 불가피한 상황이야. 나는 내보내고 싶지는 않아." 웨
이드의 손이 움직이지는 않았지만 더 묵직하게 느껴졌다.

"저도 잘리고 싶지는 않아요."

"네가 그렇게 말하는 걸 들으니 반갑네." 웨이드는 여전히 가
까이, 너무 가까이에 있었다. 이제 몸에서 나는 냄새까지 맡을
수 있었다. 땀 냄새, 뿌린 지 좀 된 향수 냄새, 생각하고 싶지 않
은 그것보다 더 은밀한 어떤 냄새가 느껴졌다.

"사람들이 네 근무 시간을 줄이는 문제를 의논하고 있어." 웨
이드가 숨을 내쉬었다. "하지만 내가 손을 써서 그렇게 안 되게

할 수는 있겠지. 그러려면 네가 팀플레이어라는 사실을 내가 확신할 수 있어야 해."

애덤은 웨이드 가랑이의 불룩한 부분이 확연하게 더 커진 것을 보았다. 이 작은 방 안에 살아 있는 제3의 존재가 있는 것 같았다. 애덤은 전에 꽤 많은 남자와 여자들의 접근을 차단한 적이 있었다. 애덤이 마티처럼 잘생기지는 않았지만, 젊고 키 크고 금발이라는 사실만으로 눈독을 들이는 사람들이 없지 않았다. 수영장 탈의실에서 애덤이 옷을 갈아입으면 속옷을 입을 생각도 않고 훔쳐보는 남자들도 있었다. 열세 살 신문 배달을 할 때에는 어떤 여자가 웃옷을 벗은 채로 문을 열어 준 적이 있었는데, 한 번이 아니라 세 번이나 그랬고, 결국 아버지한테 말했다. 기독교 여름 캠프에 갔을 때에는 한 상담 교사가 샤워실에서 지나치게 자주 성기를 애덤에게 보여 주었고 툭하면 알몸 수영에 대한 '농담'을 했다.

웃옷을 안 입은 여자를 빼면 나머지 사람들은 합법의 테두리 안에 있었다. 아무것도 아닌 일로 치부하고 웃어넘길 수도 있는 일이었다. 웨이드가 지금 하고 있는 행동도—

"나는 당신하고 섹스 안 해요." 애덤이 말했다.

웨이드의 눈에 순간 무언가가 번쩍했다. 아주 짧은 순간이었지만 그 순간 애덤은 웨이드가 이 후끈거리는 작은 사무실 안에서 자기를 붙들고 억지로 강간할 수도 있겠다는 생각을 했다.

그러나 웨이드는 몸을 뒤로 기댔다. "씨발 년." 웨이드가 속삭이듯 말했다.

"이제 가도 돼요?" 애덤은 목소리가 떨리지 않게 하려고 애썼지만 잘되지 않았다.

웨이드는 애덤의 질문을 무시하고 자기 할 말을 했다. "네 놈은 통통한 엉덩이를 눈앞에 들이밀고 발정 난 암돼지처럼 흔들어 대면서 네 몸을 만지라고 유혹해 놓고—"

"무슨 소리를 하는—"

"그러고는, 이제 와서!" 웨이드의 목소리가 무언가 이상하게 뒤틀렸는데 억지웃음을 웃는 것임을 애덤은 뒤늦게 알아차렸다. "일에 대해서 진지하게 이야기하는데 그걸 일부러 왜곡해서 마치—" 웨이드는 코밑에서 땀을 닦아 냈다. "뭐냐. 내가 너한테 집적댄 것처럼 만드는 거야?"

"발기한 게 보여요."

"역겹게 굴지 마!" 웨이드는 얼른 손으로 가랑이를 덮었다. "농담 좀 한 거 가지고 이런 말도 안 되는 억지를 부리다니—"

"근무 시간 줄이면 인사부에 보고하겠어요."

웨이드의 얼굴이 갑자기 굳어졌다. "너무 늦었어. 넌 해고야."

"예?"

"짐 싸서 나가."

"그럴 수는—"

"누가 네 말을 믿을 것 같아? 어린애 말을?"

"그럴 수는 없어요."

"할 수 있고, 했어."

애덤은 공황이 물밀 듯이 닥치는 걸 느꼈다. "웨이드, 저는 일을 해야 해요. 우리 집이, 형이―"

"거짓말을 하고 다니기 전에 그 생각을 했어야지."

"아무 말 안 했어요. 아무한테도." 애덤이 침을 다시 꿀떡 삼켰다. "아직은요."

웨이드가 눈썹을 치켰다.

애덤의 숨이 가빠졌다. 어떻게 되는 걸까? "제발요." 애덤은 사정할 수밖에 없는 자기 처지에 화가 났다.

"부탁하는 건가?" 웨이드가 갑자기 씩 웃으며 말했다. 웨이드는 확연히 긴장을 풀며 다리를 좀 더 벌렸다. 손은 여전히 가랑이 위에 아무 의미 없는 듯 얹혀 있었다.

"그럴 수는 없잖아요. 사람들한테 그러지 말아요."

"사람들? 여기 무슨 사람들이 있어? 내 눈에는 자기 매력을 과신하는 어린놈밖에 안 보이는데. 내가 이 회사에 다닌 지 20년이 됐어. 그런 나를 걸고넘어질 수 있을 것 같아? 정말 네가 이길 수 있을 거라고 생각해?"

"고소할 거예요."

"그러면 나는 네가 어찌나 대놓고 엉덩이를 흔들어 대는지 내가 안전한 작업 환경에서 제대로 일을 하기가 어려웠다는 사실을 세상에 알리는 수밖에." 웨이드는 함박웃음을 지었다. 웃어서 저렇게 추해지는 사람이 또 있을까 싶었다. "반석 위의 교

103

회에 다니는 신도들은 어떻게 생각하려나?"

"거짓말." 애덤은 이를 악다물고 들릴 듯 말 듯 소리를 냈다.

"다른 방법도 있었는데. 우리가 서로 타협할 수도 있었겠지. 하지만 이제—"

"시간 줄이는 거 받아들일게요." 애덤은 이렇게 말하는 자기 자신이 너무 미웠다. "급료가 줄어도 받아들일게요—"

웨이드는 가랑이에 얹은 손을 바지 위로 문지르며 말했다. "또 어떤 걸 받아들일 생각이 있나?"

한순간, 앞으로 수도 없이 애덤이 다시 되새길 그 한순간 동안, 애덤은 실제로 그 일을 고려해 보았다. 정말 그게 그렇게 나쁜 일인가? 웨이드는 뭐든 천천히 하는 사람이 아니니까, 아주 빨리 끝내 버린다면, 아무도 안 다치지 않을까……?

애덤 자신이 다칠 거였다. 웨이드의 손이 자기 몸에 닿는 생각만 해도 소름이 돋았고 이미 폭력을 당한 느낌이었다. 하지만 만약에…….

애덤은 그런 일을 당해도 싸다면. (그런가?) 웨이드가 애덤 마음 깊은 곳에서 타락을 감지한 거라면, 구제할 수 없는 망가진 내면을—

그건 진정한 사랑이 아니야, 마티가 말했다.

그냥 재미 보는 거지, 엔조가 말했다.

그게 전부 사실인지도 몰랐다.

애덤 같은 사람에게는 이런 일이 일어나는 건지도 몰랐다.

(어떤 사람?)

"생각해 봐." 웨이드가 말했다. "월요일 근무 시간에 다시 왔을 때에는 옳은 결정을 내렸기를 바란다." 웨이드는 컴퓨터 쪽으로 몸을 돌렸다. "이제 내 사무실에서 꺼져."

애덤은 시간 기록 장치를 찍고 나갔다. 스캔 장비를 반납하러 온 캐런과 르네에게 인사도 안 했다. 건물 밖으로 나가 차 운전석에 앉아 대체 무슨 일이 있었던 건가 생각해 보았다. 지금 웨이드에게 최후통첩을 받은 건가? 정말 이런 일이 일어날 수 있는 건가?

애덤의 손이 전화기 위에서 잠시 머뭇거렸다. 애덤이 문자를 보냈다. '일자리를 잃지 않으려면 웨이드하고 자야 하나 봐.'

'윽⋯⋯.' 앤젤러의 답이 왔고, 곧이어 또 문자가 왔다. '아니, 정말 진짜로?'

바로 전화가 울렸다. "경찰에 신고해!" 앤젤러가 다짜고짜 소리를 질렀다.

"나 돈을 벌어야 하는데. 일자리가 필요해." 애덤이 말했다.

"무슨 일이 있었어?" 애덤이 자초지종을 이야기하자 앤젤러가 말했다. "절대로 웨이드하고 자면 안 돼. 1970년대 성병을 옮길 거야. 허피스 같은 거."

"아니, 당연히 안 할 거야, 하지만—"

"하지만이고 뭐고 없어. 웨이드는 법을 어겼어."

"어쩌면⋯⋯ 어쩌면 아무 일도 없었던 걸 수도 있어. 내가 오해했다거나?”

앤젤러가 답답하다는 듯이 빽 소리를 질러서 애덤은 전화기를 귀에서 좀 떼야 했다. “왜 자존감이라는 게 있는 사람은 세상에 나밖에 없는 거야?”

“너는 부모님이 좋으시니까.”

“야, 너 지금 어디 있어?”

“라이너스네 집에 가려고 했어.”

“여기로 먼저 와. 나 피자집에 있어.”

“어—”

“내가 언제 네 편 들어 줬는지 생각해 봐, 애덤.”

“항상 그랬지.”

“그래. 빨리 와. 불고기 사 와.”

앤젤러가 전화를 끊었다. 애덤은 핸드폰을 한참 들고 있다가 조수석 위로 던졌다. 전화기가 오늘 아침 화원에서 산 한 송이 장미에 부딪혔다.

붉은 장미는 오늘 누군가에게 주려고 산 것이었다. 아마 라이너스한테. 라이너스가 아니면 누구겠나? 바보, 애덤은 생각했다. 빌어먹을 바보. 지금은 그 장미가 당혹스러울 정도로 진부하고, 게이 같고, 웨이드 같은 사람이 자기 하고 싶은 대로 할 수 있는 세상에서 비웃음을 살 만한 물건으로 보였다.

애덤은 고개를 돌리고 앞만 보고 차를 몰았다.

피자와 앤젤러

"그 인간 거시기를 잘라 버리면 안 돼?" 앤젤러가 불고기를 먹으며 말했다. "펜치 같은 걸로."

"나 때문에 네가 웨이드한테 손대는 거 원치 않아."

"손 안 댈 거야. 펜치만 대는 거야."

애덤은 앤젤러가 자기를 찬찬히 보는 걸 느꼈다. 앤젤러는 애덤을 어떻게 도와주어야 할지 애덤이 힌트를 주기를 기다리고 있었다. 그런데 애덤도 자기가 뭘 원하는지 몰랐다. 처음에는 마티가, 이번에는 웨이드가 너무 큰 타격을 입혀서, 마치 달리기를 하다가 균형을 잃었는데 아직 바닥에 쓰러지지는 않은 그 짧은 순간에 어떻게든 몸을 세우려고 타조처럼 파닥거리는 기분이었다.

왜 이런 일들이 일어나는 거지? 다음에는 또 무슨 일이 일어나려는 걸까?

애덤도 점심을 한 입 먹었다. 심란한 상태였어도 애덤은 한식당에 들러 불고기를 포장해 왔다. 앤젤러 부모님은 앤젤러가 한국 문화를 접할 수 있게 하려고 여러모로 애를 썼지만 유일하게 성공한 건 "우와-씨-이-불고기-맛있네"뿐이라 살짝 속상해했다.

애덤과 앤젤러는 프롬에서 인기가 좀 덜한 피자 가게 가운데 하나인 '피자 프롬 헤븐'의 뒤쪽 공간에 있었다. 이 피자 가게는 사람들이 주로 가는 쇼핑센터에서 좀 떨어진 작은 쇼핑센터에 있었다. 그래도 여러 판을 사면 할인을 해 주고 피자도 아주 맛없지는 않았다. 물론 아주 맛있지도 않지만, '모임'에서는 다들 피자보다는 맥주에 더 관심이 있을 테니 상관없었다.

"호숫가에 불이 났어." 애덤이 말했다. "캐서린 반 루엔이 죽은 통나무집 근처 같아."

"불쌍한 애." 앤젤러가 심각하게 말했다.

"차 타고 오는데 연기가 보이더라. 그것 때문에 모임을 못 하는 건 아니겠지." 애덤이 앤젤러에게 일회용 그릇을 내밀며 물었다. "김치 줄까?"

"윽, 싫어." 앤젤러가 콧잔등에 주름살을 만들었다. "너는 어떻게 그런 걸 먹니."

"한국인은 너잖아."

"세상에 발효한 배추 냄새를 싫어하는 한국인은 나 말고도 많을걸. 개들이 교미하는 냄새가 나. 정말 너 진짜 괜찮아? 나 누구 죽이고 싶은 기분이거든."

애덤도 앤젤러도 자동차 사고 이후에는 끔찍한 트라우마가 됐다고 할 만한 큰일은 겪지 않았다. 둘 다 퓨젓 사운드에 붙은 J자 모양의 초대형 도시 외곽, 거의 시골에 가까운 교외에서 대체로 정상적인 중하층 가정에서 자랐으니 말이다. 애덤 가족은 야심과 자부심이 있으나 가난한 목사 가족이다. 앤젤러네는 농부다. 정말 흥미진진한 문제를 일으킬 만한 돈이 없었다. 쉽게 감당하지 못할 문제를 일으킬 생각도 없지만 그럴 여유도 없었다.

둘 다 약에 손을 댄 적은 없다. 딱 한 번 앤젤러 집에서 어느 날 밤에 부모님 방에서 찾아낸 마리화나 한 대를 피워 보았는데 앤젤러가 심한 알레르기를 일으켰다. 그래서 부끄럽게도 달링턴 가족이 다 같이 응급실로 출동해야 했다. 앤젤러 부모님이 앤젤러에게는 크게 한소리를 했고, 애덤에게는 부모님 귀에 안 들어가게 잘 덮어 두겠다고 약속했다. 둘 다 성병에 걸린 적도 없다. 앤젤러의 어머니가 애덤에게 실컷 쓰고도 남을 만큼 콘돔을 주었다. 앤젤러는 임신한 적이 없고 임신했을까 봐 공포에 떤 적도 없다. 앤젤러는 워낙 똑똑해서 그럴 만한 일 근처에도 가지 않는다.

경찰하고 문제를 일으킨 적도 거의 없다. 애덤이 속도위반 딱지를 끊었을 때와 앤젤러가 하우스 파티에 갔다가 경찰이 들이닥쳤을 때가 유일했다. 암도 다발성 경화증도 종양도 없었다. 섭식 장애도 없고 정신과 의사와 상담이 필요한 문제도 없었다

(적어도 제대로 된 정신과 의사를 만날 일은 없었다. 부모님이 애덤의 비밀을 알게 되면 애덤을 '치료'해 줄 곳으로 보내리라는 것은 확실했지만, 부모님도 그 부분을 자세히 알고 싶지는 않은 것 같았다). 유일하게 극적인 사건이라면 애덤이 앤젤러에게 커밍아웃 한 것인데, 안 했더라도 앤젤러가 애덤 대신 해 주었을 것이다.

둘은 사실상 같이 살아왔다고 할 수 있다. 첫 키스와 마지막 키스, 첫 경험을 서로 나누고, 술을 마시고, 영화를 보고, 수업을 듣고, 실연의 상처를 달래고, 세계관을 설파하고, 뒷소문을 주고받고, 아무것도 아닌 일에 데굴데굴 구르며 웃고, 각자의 가족과 예의 바르게 저녁 식사를 같이하고, 괴롭히는 사람으로부터 서로 지켜 주고, 순진한 교생 선생님을 함께 살짝 놀리고, 매주 금요일 아침 학교 가기 전에 '데니스'에서 같이 아침을 먹었다. 이런 일들이 쌓이고 쌓여서 두 사람 사이를 시멘트처럼 단단한 우정으로 묶었다.

둘은 같이 어린아이였다. 같이 십 대였다. 이제는 같이 어른으로 자라고 있었다. 오랜 세월 동안 꾸준한 우정을 이어 와서 이제 둘 사이에는 아무 경계가 없는 것 같았다. 앤젤러가 애덤을 필요로 하면 애덤은 즉시 가서 아무것도 묻지 않고 곁에 있어 주었고, 앤젤러도 애덤에게 그렇게 해 주려 했다. 지금 앤젤러가 그러고 있었다. 같이 불고기를 먹었다. 이런 게 가족이라고 생각했다. 가족은 그런 것이어야 한다고.

"우리 마지막으로 할로윈 사탕 얻으러 갔던 때 생각나?" 애덤이 물었다.

"눈 왔을 때?" 앤젤러는 느닷없이 나온 옛날 기억에 놀라면서도 반가워했다.

"눈 엄청 왔을 때." 프롬에 폭설이 오는 건 6년에 한 번 정도고 초겨울인 할로윈 무렵에 큰 눈이 오는 일은 거의 없었다. 그런데 사탕 받으러 다닐 수 있는 마지막 나이인 7학년 때 할로윈에 눈이 오기 시작해 30센티미터 깊이로 쌓였다. 애덤과 앤젤러는 수키 스택하우스와 빌 컴턴(샬레인 해리스의 '수키 스택하우스' 시리즈에 나오는 텔레파시 능력자와 뱀파이어 연인. HBO 드라마 〈트루 블러드〉로도 만들어졌다-옮긴이)으로 분장했는데, 코스튬 위에 두꺼운 웃옷과 코트, 목도리 따위를 친친 둘러야 했다. "그때 사탕 엄청 받았는데." 애덤이 말했다.

"눈 때문에 더 어린 애들은 아예 나오질 못했잖아."

"그러고 너희 농장으로 갔는데, 우리 부모님이 눈 때문에 차를 못 꺼내서 내가 너희 집에서 자고 갔지."

앤젤러가 그다음 이야기를 떠올리고 웃었다. "그리고 우리 엄마가―"

"너네 엄마가―"

"열두 살 먹은 애들을 족욕을 시키는 엄마가 어딨냐."

"유칼립투스 오일을 어찌나 많이 넣으셨는지."

"지금도 기침 가라앉히는 사탕 냄새 맡으면 그날 족욕 생각이 난다니까."

"너네 엄마 너무 좋아. 그때 어머니가 네덜란드 크리스마스의 인종주의적 전통 이야기를 해 줬는데."

"즈바르터 핏(네덜란드 민담에 나오는 성 니콜라스의 흑인 동료-옮긴이)! 세상에 엄마는 미국으로 오기 전에는 그게 인종주의적이라고 생각 안 했대."

"그래, 너희 엄마 정말 좋으셔." 애덤이 다시 말했다. 둘 다 그 말이 애덤이 앤젤러에게 너를 좋아한다고 말하는 한 가지 방법이라는 걸 알았다.

말이 나왔으니 말인데—

"너 무슨 일 있어?" 애덤이 물었다. "나한테 하려던 얘기 있잖아?"

"너한테 있었던 일만 하겠니."

"그건 별일도 아니야. 아무것도 아니라고."

"웨이드가 있는데? 네가 이겼어." 앤젤러가 일어서면서 기지개를 켜고 코를 킁킁거리더니 유니폼을 내려다보며 얼굴을 찡그렸다. "나한테서 양파 냄새 나."

"너 여기서 일하고 나면 늘 양파 냄새 나. 그리고 이기고 지는 문제가 아니잖아. 말 돌리지 마. 나한테 말 안 하려고 자꾸 피하는 게 대체 뭐야?"

앤젤러는 애덤에게 눈을 흘겼지만 생각에 잠긴 표정이었다. 그러곤 코를 찡그렸는데 결단을 내렸을 때 짓는 앤젤러 특유의 표정이었다.

"너 우리 요하나 이모 알지."

"로테르담에 사신다고 했지? 대학교수."

앤젤러가 고개를 끄덕였다. "나더러 그리로 와서 이모 대학에 새로 만든 프로그램에 들어오래."

애덤이 이맛살을 찌푸렸다. "거기에서 대학에 간다고?"

"고등학교 마지막 학년을 다니는 거야."

애덤은 팔짱을 끼고 있는 앤젤러를 멍하니 보았다. 앤젤러는 애덤이 충격적인 소식을 새길 때까지 기다리고 있었다. 이날의 재앙은 도무지 끝나지가 않는 것 같았다.

파우누스는 주문이 시작되는 순간을 미처 보지 못했다. 여왕이 이런 모습으로도 주문을 걸 수 있는 줄은 몰랐다. 아마 여왕도 몰랐을 것 같지만, 여왕은 폐허가 된 통나무집에서 나오더니 (파우누스가 무너진 통나무집을 수습할 시간이 없었기 때문에 세상 사람들이 어리둥절해하다가 엉뚱한 결론을 내릴 또 하나의 미스터리로 남길 수밖에 없었다) 한 손으로 풀밭에 천천히 원을 그리며 다른 손은 늦은 오후의 해를 향해 쳐든다.

파우누스는 걱정스럽지만 거리를 유지한다. 통나무집이 불에 타 거의 무너지려 할 때에만 끼어들었다. 여왕이 불을 만들어 낼 수 있다는 것도 파우누스는 몰랐다. 파우누스는 너무 가까이 다가가면 안 된다. 그녀의 공간에 들어갈 수도, 손이 닿을 정도로 가까이 접근할 수도 없다.

그녀는 여왕이다. 혼자 서야만 한다.

여왕이 더 빨리 돌기 시작하며 무어라 중얼거린다. 무슨 소리인지 알아들을 수 없다.

"여왕님?" 파우누스는 여왕이 듣지 못한다는 걸 알면서도 부른다.

파우누스는 지금 걸치고 있는 형체가 거추장스럽다. 지상의 형체는 뭐든 마찬가지다. 급하게 걸칠 형상을 찾다가 그나마 제일 쓸 만한 고대 생명체의 형상을 입었다. 그래도 이 세상에 어울리지 않게 너무 크고 너무 낯설고 너무 짐승스럽다.

그래도 강력하긴 하다.

여왕이 더 빨리 돈다. 소용돌이가 일어나 여왕 둘레에 무릎까지 자란 긴 풀이 바람에 눕는다.

인간 모습인 저 여자가 여전히 여왕인 건가? 여왕에게 달라붙은 영혼은 놀라울 정도로 강하다. 이대로 있다가는 해가 지는 순간 여왕을 영영 잃고 만다. 뭔가 방법을 찾지 않으면—

그때 그게 보인다.

파우누스는 달린다.

허망하게 소리를 지르면서. "여왕님, 안 됩니다!"

공기 소용돌이가 땅 위에서 솟구쳐 먼지와 잡초와 마른풀을 깔때기 모양으로 일으켜 그녀를 감싼다—

너무 늦었다. 그가 달려갔을 때에는 이미 소용돌이가 가라앉고, 그녀는 사라지고 없다.

사라졌다.

멀리 가지는 않았을 것이다. 하지만 나무와 드문드문 건물로 덮인 황무지 같은 이곳에서는 가까운 곳도 멀다. 어떻게 찾을 것인가? 어떻게 해야 제때 찾을 수 있을까?

어리석었다고 자책할 시간조차 없다. 여왕을 반드시 찾아야 하고, 어떻게 해서든 해가 지기 전에 구해야 한다. 아니면 여왕은 죽고 말 것이다.

여왕이 죽는다면 파우누스도 죽는다. 여왕은 경계이고, 세상 사이의 벽이기 때문이다.

여왕이 죽는다면, 그들 모두 죽는다.

파우누스는 집들이 숲을 이룬 곳을 향해 달리기 시작한다. 비명 소리를 들으면 여왕이 어디에 있는지 알 수 있을 것이다.

앤젤러 달링턴. 서울에서 태어난 아이. 네덜란드에서 온 어머니
와 영국식 이름을 가진 아버지에게 입양되어 워싱턴주 프롬에
있는 농장에 살았다. 가축을 키우는 농장이다. 채식주의자들이
알면 좋을 게 없기 때문에 앤젤러가 학교에서는 그런 이야기를
잘 하지 않지만, 앤젤러네 농장은 양을 키워 도축장에 팔았다.
그러니까 다시 말해 달링턴 집안 사람들은 정통 미국식 농업을
하며 누구보다 더 미국인처럼 사는 미국인이다.

하지만 어떤 미국인들은 그들은 미국인이 아니라고 생각하
기도 했다.

"네덜란드 사람이라고 했지?" 아버지는 툭하면 앤젤러의 어
머니를 두고 이렇게 말했다. 10년 동안 알고 지냈으니 아직도
모를 수는 없을 텐데. "네덜란드 사람들은 희한한 사람들이야."
아버지는 읽던 신문을 못마땅하다는 듯이 흔들며 말했다. "뭐든
지 다 허용한다니 원. 마리화나. 매춘."

"앤젤러네 가족은 둘 다 안 하는데요." 애덤은 이렇게 대답하곤 했다. "아마 대선 때는 민주당을 찍었겠지만요."

"그냥 그런 성향이 있다는 거지. 세상을 상대주의적으로 보기 시작하면 결국에는 뭐든 다 상관없다고 하게 돼."

"아, 여보." 엄마가 랩톱으로 입사 지원서 양식을 채우다 말고 대화에 끼어들었다. "당신도 앤젤러 좋아하잖아."

"앤젤러 좋아해." 아버지가 대답했다. "그냥 그런 생각은 버리기가 힘들다는 이야기야. 그 식구들한테 교회 오라고 몇 번을 말했는지 몰라." 아버지가 애덤을 보면서 말했다. "네가 네 친구한테 증인이 되어 줘야 해."

"증인이 된다니, 대체 무슨 말인지조차 모르겠어." 애덤이 그 이야기를 꺼내자 앤젤러가 이렇게 말했다. "네가 종교 이야기 하는 걸 내가 들으면 내가 증인이 되는 거 아냐?"

"내가 너한테 증인 진술을 하는 것하고 비슷한 거지."

"네가, 하느님이 범죄를 저지르는 것을 보았습니다, 하고 증언한다고?"

"그리스도가 나를 위해 무엇을 해 주었는지 내가 경험한 바를 증언해야 한다는 말이야."

"너를 게이로 태어나게 하고 게이로서 바랄 수 있는 최상의 가정에서 살게 해 준 것 말이야? 하느님이 유머 감각이 있네."

"어쩌면 내가 우리 가족에게 증인이 되어야 하는 건지도?"

"그래 그건 잘되어 가?"

"우린 그냥 제각각으로 살기로 암묵적으로 합의했어."

그래도 애덤의 부모님은 앤젤러를 꽤 마음에 들어 했다. 사실이었다. 앤젤러의 예의 바른 태도를 좋아했고, 농장에서 피자 가게에서 열심히 일하면서 불평하지 않는 것도 마음에 들어 했다. 언젠가는 애덤이 앤젤러와 결혼하지 않을까 하는 희망을 여전히 버리지 않은 게 분명했다. 성적인 문제는 어떻게 합의를 보든 결혼은 할 수 있을 테니까.

부모님은 앤젤러가 성적으로 유동적인 플루이드에 가까워 여자에게 끌리기도 한다는 건 몰랐다. 앤젤러는 특히 입 맞추고 싶은 입술을 가진 여자애들을 좋아했다. 앤젤러는 자기 입술이 얇은 것이 외모에서 유일한 불만이어서 자주 투덜거렸다.

"네덜란드 사람들은 입술이 엄청 얇다던데." '피자 프롬 헤븐'의 뒷방에서 애덤이 딴죽을 걸었다.

앤젤러는 애덤의 터무니없는 주장에 눈도 꿈쩍 않고 대꾸했다. "키는 엄청나게 크고?"

"거기 가면 너는 정말 작을 거야. 더 작아질 거야."

"너를 겪어 봐서 키 큰 사람은 훤히 아니까 괜찮아. 네 습관이나 성질도 알지. 뭘 먹여야 하는지, 교미기가 되면 무슨 소리를 내는지도 알고."

"발정이 나면 몸을 공처럼 동그랗게 말지."

"내가 그걸 모르겠니."

"내가 여기에서 작은 사람들을 이해하기 위한 가이드가 필요

할 때에는 어떡하지?"

"나 없이도 잘할 수 있을 거야."

"아니야." 애덤이 말했다.

"그래, 아니겠지. 나도 너 없이는 안 괜찮을 거야."

"사지 일부가 떨어져 나간 것 같을 거야. 손 하나가 없어진 것처럼."

"귀나."

"머리카락이나."

"아, 그건 안 그래도 곧 없어질 거야. 나 너네 아버지 만나 뵀잖아."

그리고 앤젤러는 애덤이 이 일을 정말로 어떻게 받아들이는지 살피려고 말없이 기다렸다.

애덤은 자기 옆자리를 툭툭 쳤다. 앤젤러가 다가가서 애덤 옆에 앉았다. 둘은 서로 몸을 기댔다.

"언제 가?" 애덤이 물었다. 애덤은 앤젤러보다 키가 많이 커서 왼쪽 뺨을 앤젤러의 머리 위에 기댈 수 있었다.

"다다음 주 화요일." 앤젤러의 목소리가 너무 슬프게 들렸다.

"후아. 크리스마스 때는 올 거니?"

"그러고 싶은데, 엄마는 로테르담에서 크리스마스를 보내자고 하시네."

"즈바르터 핏." 애덤이 말했다.

"내가 거기서 항의 시위 같은 걸 벌일 수도 있겠지."

매니저가 왔는데도 둘은 그러고 있었다. 매니저는 에머리라
는 이름의 키가 큰 흑인이고 둘이 다니는 학교 졸업반이었는데,
어머니가 치매에 걸려 동생들을 거의 혼자 힘으로 키우고 있었
다. "안녕 애덤." 에머리가 말했다.

"에머리, 어머니는 좀 어떠셔?"

"아, 뭐. 적어도 더 나빠지지는 않았어."

"그래."

에머리가 앤젤러를 보고 말했다. "곧 점심 손님 몰릴 테니까
와서 준비해야 돼."

앤젤러가 고개를 끄덕였다. "딱 1분만 있다 갈게."

에머리는 앤젤러와 애덤을 보며 애정 어린 태도로 고개를 흔
들었다. "세상에서 제일 괴상한 커플이야." 나가면서 에머리는
2분 더 있다 와도 된다는 뜻으로 손가락 두 개를 들어 보였다.

"나 보고 싶겠지?" 앤젤러가 물었다.

"그걸 말이라고 해?"

"그래, 당연히 보고 싶겠지."

"하지만 네가 정말 원해서 가는 걸 거라고 생각해."

애덤은 앤젤러의 얼굴을 볼 수 없었지만 앤젤러가 웃는 게 느
껴졌다. "유럽이니까. 나 유럽에 살게 됐어. 1년 동안." 앤젤러가
애덤을 마주 보며 말했다. "너 어떻게든 놀러 와야 돼."

"무슨 돈으로? 아르바이트도 잘렸는데."

"아, 그 이야기는 아직 끝난 게 아냐. 웨이드를 성희롱으로 고

123

소해서 번 돈으로 로테르담에 오면 돼."

"그런 문제를 공개적으로 까발리면 우리 부모님이 참 좋아하시겠다."

앤젤러가 일어나서 애덤을 마주 보았다. 그러니 둘이 키가 비슷해져서 앤젤러가 애덤의 이마에 이마를 맞댈 수 있었다. "네가 너무 보고 싶을 거야."

"네덜란드에는 나 말고도 키 큰 사람 많을 거야."

앤젤러가 눈을 반짝였다. "그중에는 게이 아닌 사람도 한 명 정도는 있겠지."

"내가 네덜란드 사람들에 대해 들은 바로는 아니라던데."

앤젤러가 장난스레 애덤의 뺨을 살짝 때렸다. "우리 엄마 네덜란드인이거든."

"우리가 데이트했더라면 좋았을까?"

앤젤러는 고개를 숙여 애덤의 눈을 들여다보았다. 속눈썹이 거의 맞닿을 정도로 얼굴이 가까워졌다. "우리가 데이트를 했으면 결혼해서 키가 중간 정도인 아기들을 낳겠지. 그리고 나서 네가 게이라는 걸 깨달아서 이혼하고."

"나는 영영 게이야?"

"모든 평행 우주에서 그렇지."

"그럴듯하네. 너는 어디에서나 작고?"

"내가 비욘세인 평행 우주만 제외하고."

"어떤 우주에서는 우리 모두 비욘세일 거야."

큰 마을은 아니다. 그렇긴 해도. 파우누스는 여왕의 냄새를 찾으려고 공기를 계속 들이마신다. 한참 동안 냄새를 못 찾고 헤매고서야 여왕의 냄새를 찾으려 해 봐야 소용없다는 걸 깨닫는다.

지금은 여왕이 완전히 다른 존재가 되어 있으니까.

파우누스는 어리석음을 자책하며 죽은 소녀의 시체에 정신을 집중한다. '시체'라고 부르는 건 옳지 않겠지만. 그렇다고 정령 같지도 않다. 적어도 파우누스가 아는 정령들과는 다르다. 호수에 사는 샘 많고 변덕스런 정령들은 여왕의 통치에 반발하기도 한다. 그 정령들이 과연 여왕을 지키기 위해 나설까? 알수 없다. 여왕이 사라지면 자기들도 사라지지만. 어쩌면 영원한 통치가 어떤 이들에게는 너무 긴 것일 수도 있으니까.

아니, 그럴 리 없다. 그들은 여왕을 사랑한다. 사랑하지는 않더라도 두려워한다. 마땅히 그래야 하고, 언제나 그랬다.

그는 여왕의 시대가 끝나도록 가만히 보고 있지 않을 것이다. 반드시 막을 것이다.

여왕을 붙들고 있는, 정령이라고도 할 수 없는 존재에 냄새가 있다. 이 세상, 그녀가 떠나온 세상의 냄새. 그 존재가 폭력적인 방식으로 세상에서 뿌리 뽑히긴 했지만, 호수에서 그런 일이 일어난 게 처음은 아니고 죽은 영혼이 여왕 가까이 스쳐 간 것도 처음은 아니다.

그런데 이 영혼은 거부했다. 무엇을 거부하는지는 몰라도 피한 방울이 자기를 부르는 걸 느꼈기 때문에 거부했다. 파우누스도 그날 다른 사람의 운명이 바뀌는 냄새를 맡았기 때문에 무슨 일이 일어나는지 알았다. 그녀는 자기 운명을 확고하게 거부했다. 거부하는 순간 여왕이 자기를 보게 만들었고—

그렇게 여왕이 붙들렸고 오늘, 어떻게 해서인지 여왕이 육신의 형상을 입고 있다. 그런 일이 일어나면, 정령에게는 해가 질 때까지 시간이 주어지고 그동안만 마지막으로 이 땅을 걸을 수 있다. 해가 질 때까지만.

파우누스는 통나무집에 남아 있던 그녀의 냄새를 기억해 낸다.

눈을 감고 깊이 숨을 들이마신다.

저기. 저기에 있다.

파우누스는 사람들 눈에 보이지 않을 정도의 속도로 마을에서 움직인다. 느껴지지 않는 것은 아니지만. 파우누스가 옆으로 지나갈 때 사람들은 소름이 돋고, 등골에 서늘한 기운을 느꼈고, 한기가 아랫도리까지 뻗치기도 한다. 파우누스는 거칠고 건장한 존재, 신으로 오해되지만 신은 아니고 생식력을 높여 주는 조력자다. 이 지역에서 오늘 오후에 수태된 아기가 분명히 있을 것이다.

파우누스는 인간들의 기이하고 괴상한 삶 사이로 지나며 스치듯 이런 생각들을 떠올렸으나 곧 냄새에 정신을 집중하고 집요하게 쫓는다. 산들바람 속에서 나선 모양으로 꼬인 냄새 한 자락을 느꼈지만, 후각이 특히 발달한 사냥개나 파우누스 자신 말고는 아무도 못 맡을 정도로 희미한 냄새다.

어딘가에 멈췄다는 걸 느낄 수 있다. 감각 속에서 그녀의 존재가 점점 커진다. 그리고 그 너머에―

그 너머에 그녀와 비슷한 냄새가 나는 벽이 있다.

자기 집을 찾은 것이다. 자기 가족을 찾았다.

파우누스는 더 빨리 움직이기 시작한다.

집을 찾았다. 이 육신의 집, 육신의 가족. 이곳에서 너무나 암울하고 유해한 슬픔이 뿜어져 나오고 있어, 이게 인간들 눈에 보이지 않는다는 게 납득이 안 갈 지경이다. 슬픔이 집을 독으로 물들이고 있는데.

"이 슬픔이 이 집의 죽음이 될 것인데." 그녀가 소리 내어 말한다.

그러고는 생각한다. 내가 그 죽음인가? 결국 그렇게 되는 건가?

그녀는 관리가 안 된 앞마당에 서 있다. 풀이 길게 자라 한쪽 구석에 있는 잔디 깎는 기계를 덮었다. 누레진 잔디 사이에 버려진 아기 장난감이 있다.ㅡ누구 것인가? 누구의 아기인가? 그녀가 아나?

마당에 철망 울타리가 있지만 풀쩍 뛰어넘을 수 있을 정도로 낮다. 누가 들어오지 못하게 막는 용도라기보다 그냥 영역을 표시하는 것 같다. 개가 있었던 흔적(목줄, 목걸이)이 있지만 빅터가, 토니 전에 만난 남자 친구 빅터가 개를 싫어했다. 칼이라는 이름의 개였는데 어느 날 사라졌다. 빅터는 그 일에 대해 제대로 해명하지도 않았다.

"그랬는데도 나는 떠나지 않았지." 그녀가 괴로워하며 동요한다.

가슴에서 빅터 때문에 생긴 상처를 느낄 수 있다. 여전히 생생하게 피를 흘리는 상처. 빅터가 상처에 갈고리를 걸고 떠나지 못하게 붙들었다. 그녀는 빅터가 무서웠다. 떠날 수가 없었다.

그러다 떠났다.

아, 그날, 빅터와 헤어진 날. 그녀는 불행하다고 말했다. 빅터가 그녀를 붙잡으려고 내민 약을 거절했다. 빅터가 위협했지만 흔들리지 않았다. 그날은 어떻게 그럴 수 있었는지 몰라도 빅터가 격분해 소리를 지르고 위협했으나 그녀의 눈에는 그의 공포

밖에는 보이지 않았다. 그녀가 그를 떠나는 것에 대한 공포, 혈관 속의 악마가 그를 죽이고 말 것이라는 공포. 그 악마는 그녀도 틀림없이 죽일 테지만.

그러다가 그가 울었다. 그러나 그녀는 알았다. 그 눈물은 진짜가 아니었다. 그녀를 조종하려는 술책이었다. 또다시. 그게 진짜가 아니라면, 다른 것도 다 진짜가 아니었다. 공포 말고 다른 것은 모두.

그래서 그녀는 힘을 얻었다.

"그래서 문을 닫았어." 그녀가 말한다. 그랬다. 다정하게 등에 손을 얹고 빅터를 문가로 데려가서, 현관문 밖으로 데리고 나가서—이 문, 바로 눈앞에 있는 이 문—빅터가 몸을 돌리며 "케이티?" 하고 불렀고 그녀는 그냥…….

문을 닫았다.

한순간 그녀는 강했다. 한순간 힘을 느끼고 몸을 떨었다. 한순간 뭐든 가능할 것 같았다. 미래도, 더 나아지는 것도. 바로잡고, 이 삶에서 벗어나고, 주머니에 든 벽돌처럼 짓누르는 무게를 벗어던질 수 있었다. 그날 저녁에는 가능성이 있을 것 같았다.

그런데 토니가 찾아왔다. 비닐봉지 하나를 들고. 넉 달 뒤에, 그는 그녀를 살해했다.

그렇지만 문을 닫았던 순간이 있었다.

그 순간이 있었다는 사실은 사라지지 않는다.

지금 눈앞에서 열리는 그 문.

문 안쪽에서 뚱뚱한 여자가 그녀를 본다. 눈이 아플 정도로 크게 벌어진다. 그러나 곧 눈이 감기고 여자는 정신을 잃고 푸르르 바닥에 쓰러진다.

"엄마?" 여왕이 말한다.

애덤과 앤젤러는 거의 비슷한 시기에 첫 경험을 했다. 일부러 맞춘 것은 물론 아니었다. 앤젤러는 심사숙고 끝에 복숭아 솜털 수염과 턱 여드름이 있는 커트 밀러와 거사를 치르기로 했다. 앤젤러는 커트를 좋아하지만 사랑하지는 않으니 딱 적당한 상대라고 생각했다.

"그러면 괜찮은 애랑 그게 어떤 건지 알아볼 수 있지."

"엄청 이상주의적인데." 애덤이 말했다.

"흥. 젊으니까."

애덤은 밤새 자지 않고 휴대폰을 무음으로 해서 이불 아래에 놓고 앤젤러 전화를 기다렸다. 앤젤러 부모님을 속일 수 있게 거짓말을 해 주거나 그럴 필요는 없었다. 앤젤러네 엄마는 앤젤러가 어디에 있는지 아셨다. 물론 그곳에서 무슨 일이 일어났는지는 나중에야 알게 되었지만. 애덤은 그게 과연 어떤 기분일까 하는 생각에 자기도 모르게 한참 빠져 있었다.

휴대폰이 깜박거리는 걸 보고 바로 전화를 받았다. "어땠어?"

"개 페니스는 포르노에서 보던 것하고는 다르더라. 아주."

애덤은 웃어야 할 타이밍인 것 같아서 웃었다. 그리고 마땅히 물어야 할 질문인 것 같아서 물었다. "정말로 어땠어?"

앤젤러가 우는 소리가 들렸다. "내가 개 죽여야 되는 상황이야?" 애덤이 심각한 목소리로 물었다.

"아냐." 앤젤러가 얼른 말했다. "그런 거 아냐. 그냥…… 엄청난 일인 것처럼들 하는데 실제로는 너무 별거 아니라 허망해서. 그리고 아팠어. 아니 세상에 왜 아무도 그런 얘기는 안 해 주는 거지? 아프다는 거."

"남자들도 아프다고 하더라."

"커트는 전혀 아파하지 않던데."

"그거 말한 거 아니야."

"아, 그래. 어쨌든. 아팠어. 그리고 이상했어. 개 거시기가 버섯처럼 생겼어. 별로 큰 버섯도 아니고."

"알아. 체육 수업 같이 들어."

"아니 왜 말 안 했어?"

"그게 크기가 변하잖아, 앤젤러."

"개 거는 별로 안 변하던데. 불쌍한 커트."

"불쌍한 앤젤러."

"솔직히 더 컸더라도 내가 감당 못 했을 것 같아. 처음이니까. 빨리 끝나서 정말 다행이야."

"정말 괜찮아? 슬픈 감정 숨기려고 농담하는 거야?"

"응. 맞아."

"내가 갈까?"

"너 못 나오잖아. 집에 경보장치 있다며."

"응."

"그냥…… 그러니까, 내 말은 큰 기대를 한 건 아닌데―"

"좀 기대했구나."

"응. 넌 아냐?"

"응. 〈브로크백 마운틴〉에 나오는 키스 같은 걸 기대하지."

"전혀 달라."

"알아. 정말 괜찮아?"

앤젤러가 한숨을 내쉬었다. "약간 불편해."

"커트는 잘해 줬어?"

"아주 잘해 줬어. 별로 기대 안 했는데. 키스는 잘 못하는데 그건 이미 알았고. 하지만 이건 인정할 수 있어. 터치가…… 만지는 느낌이 특별하더라. 내 몸 옆에 다른 몸이 있고 끝도 없이 피부가 있고, 사람한테 그렇게 피부가 많은 줄은 몰랐어……. 냄새도 그렇고. 키스할 때하고 비슷한데 더 짙다고 할까. 어색하고 무섭기도 하고 아프고 피도 나고 아주 짧았지만 그래도……."

"그래."

"더 좋아지겠지. 그렇겠지?"

"그렇다고들 하더라."

애덤은 앤젤러가 조금 더 울도록 내버려 두었다. "너무 피곤하다. 렌즈가 뻑뻑해졌어."

"내일 아침에 전화해."

"커트보다 너한테 먼저 전화할 건 확실하지."

결국 앤젤러는 커트와 사귀지 않았다. 커트는 괜찮은 녀석이라서 소문 같은 것은 내지 않았다. 앤젤러는 그 일을 늘 "인류학적 탐구"라고 지칭하며 좋은 경험으로 기억했지만 그 경험 자체가 좋아서가 아니라 학문적 지식을 얻을 수 있었기 때문이었다.

다음 날 첫 경험에 대한 토론이 계속 진행되었는데 애덤이 앤젤러가 얻은 지식에 의문을 제기했다. "남자는 여러 단계가 있어." 애덤이 주장했다. "특히 남자를 좋아하는 남자는."

"여자도 여러 단계가 있거든."

"너 원하는 대로 생각해도 되지만, 세상 사람들이 여자의 '동정'이라고 말하는 건 단 한 가지잖아."

"그건 너무 자의적이고 부당해."

"나도 그렇게 생각해. 그러면 넌 동정을 잃은 순간이 언제라고 생각하는데?"

"어젯밤…… 어."

"그런 거야. 그러면 나는 언제지? 손으로 하는 것도 포함인가?"

"누가 언제 손으로 해 줬는데?"

"아, 다른 얘기로 새지 말고. 내가 다른 사람한테 해 준 것도 해당돼?"

"언제 누구한테 해 줬는데?"

애덤은 대답하지 않았다.

"그런 적 없지?" 앤젤러는 질문이라기보다 확신처럼 말했다.

"내가 나한테 한 거 말고?"

"그걸 부르는 단어는 따로 있잖아."

"맞아. 나한테 그럴 기회가 있었겠어?"

사실이었다. 애덤과 앤젤러는 영화나 책이나 텔레비전에 나오는 십 대들처럼 섹스에 목매고 지내지 않았다. 둘만 그런 것도 아니고 학교 친구들도 주로 자라는 몸에 적응하는 데 급급했지 자기 벗은 몸을 남에게 보여 주고 싶은 생각은 별로 없는 것 같았다.

애덤은 더군다나 상대를 찾기 힘들었다. 척박한 환경이지만 그래도 라이너스가 애덤의 네 번째 상대였다. 엔조는 두 번째였다. 그 사이에 애덤의 교회 청년반 소속인 기크스러우면서 다정하고, 놀라울 정도로 피부가 흰 래리가 있었다. 청소년 성가대 리허설이 끝난 뒤에 아버지가 서로 어울려 놀라고 집으로 초대했을 때였다. 애덤은 자기 방에서 래리가 울고 있는 걸 발견했다. 7분이 지나고 한 사람이 사정을 하고 난 뒤에 래리는 다시 울었는데, 이번에는 고마움과 죄책감 때문이었다. 래리는 그 뒤로 교회에서 애덤을 철저히 피했다. 사실 너무나 뜻밖에 일어난 일이라 애덤 자신도 그런 일이 있었다는 걸 가끔은 잊을 정도였다.

하지만 실제 첫 경험은 결코 잊지 못할 것이다.

필립 매시슨이라고, 앤젤러 달링턴만큼이나 영국적 이름을 가진 학생이었다. 애덤이 고등학교 1학년일 때 3학년이었는데 나이 차이는 18개월밖에 안 났다. 프롬 고등학교 크로스컨트리 팀 선수 중에서 유일하게 애덤보다 키가 컸다. 덩치도 컸다. 덩치 큰 사람 중에 의외로 그런 사람이 많은데 필립도 자기 덩치를 부끄러워했다. 두 사람이 이야기를 나누게 된 것도 필립이 팀 단체 사진 찍을 때 애덤 뒤에 숨을 수 있다고 반가워했기 때문이었다.

"우린 수영을 했어야 돼." 학교 건물 밖에서 사진을 찍는데 필립이 말했다. 키가 작은 선수들이 학교 플래카드를 들고 앞쪽에 섰다.

"난 수영 싫은데. 발바닥은 넓적하게 생겼지만." 애덤이 말했다.

"혼자서 수영장을 쓸 수만 있으면 정말 좋아. 나는 완전히 혼자 할 수 있는 운동이 좋아."

그 말에 애덤이 필립을 올려다보았다. 정말 오랜만에 본, 올려다볼 수 있는 사람이었다. 필립은 애덤보다 머리카락이 짙고 수염 자국도 거뭇했다. 애덤은 아직 수염이라고 할 만한 게 거의 없었는데. 필립은 애덤과 눈을 마주치자 얼굴을 붉혔다. 정말로 얼굴을 붉혔다.

석 달 뒤에, 오늘 예정된 파티와 비슷한 파티가 필립 집에서 있었다. 필립은 맥주를 한 캔 마셨고, 애덤도 마셨다. 필립이 한 캔을 더 마셨고, 애덤도 한 캔 더 마셨다. 필립의 아버지가 직접 만든 실내 수영장 옆에서 필립은 애덤의 얼굴 말고 다른 데를 보면서 이렇게 말했다. "만약에 어, 우리, 키스하면 이상할까?"

그다음 93분 동안 애덤은 파티에 온 사람들이 돌아가기를 기다리면서 부모님 말을 어겼을 때의 후폭풍을 무릅쓸 가치가 있을까 고민했는데(부모님은 "우리가 만나 본 적 없는 친구" 집에서 자고 오는 것을 확고하게 금지했다), 그 93분이 정말 천년처럼 더디게 갔다.

"전에 키스해 본 적 없는데 괜찮아?" 마침내 필립의 방에 둘이 있게 되자 애덤이 물었다.

"아무하고도? 아니면 남자하고 한 적 없다고?"

"아무하고도. 미안."

"와. 정말, 와." 필립이 애덤에게 키스했다. 맥주 맛, 혀 맛, 맥주 마신 혀 맛이 났고 땀 냄새와 희미한 로션 냄새, 남자애 냄새가 났다. 그랬다. 다른 남자애 냄새가 났다. 너무나 그래서 애덤은 거의 통증 비슷한 갈망을 느꼈고 몸이 덜덜 떨리는 걸 멈출 수가 없었다. 그때 필립이 애덤의 셔츠를 벗기기 시작했고 이제 돌아갈 수 없는 강이었다. 애덤은 멍한 상태로 필립이 완전히 옷을 벗기기까지 거의 꿈쩍도 안 했다. 필립은 오직 자기가 시작한 일을 마무리하겠다는 일념으로 움직이는 사람 같았다. 지금 무얼 하는지 의식하면 멈추게 될 것 같아서. 애덤이 완전히 옷을 벗었고, 필립은 아직 하나도 벗지 않은 상태로 애덤의 팔을 손가락으로 쓸면서 말했다. "그래." 그냥 "그래"라고만 했다.

이 순간을 애덤은 영영 잊을 수가 없을 것 같았다. 황홀했던 첫 키스보다 더 강렬했다. 처음으로 다른 사람 앞에서 옷을 벗고 발기한 모습을 보인 순간. 이제 돌아갈 수는 없었다. 어떤 농담으로도 얼버무릴 수 없었다. 누군가가 나를 보고, 그것을 보고, 손을 뻗어 손에 쥐는 순간……. 불가능한 일이 일어나는 순간이었다.

알몸이었고 알몸이었다.

"그래." 필립이 말했다.

모든 게 새로웠다. 모든 게 처음이었다. 물론 포르노에서 본 적은 있지만 필립의 몸은 포르노에서 본 몸과 달리 뜻밖의 곳에 무성한 털이 있었고, 모든 면에서 완벽하지 않았지만 완벽한 것은 절대 줄 수 없는 짜릿함이 있었다. 그리고 피부. 앤젤러가 한 말이 맞았다. 애덤은 보지 않을 수가 없어서 키스할 때도 보고 있었다. 필립은 손으로 다정하게 눈을 쓸어내려 감기며 말했다. "너무 빤히 보지 마." 필립이 속삭였다.

"미안해."

"사과하지 말고."

"미안해."

"정말 처음이구나." 필립이 웃으면서 몸을 환한 쪽으로 기울여 애덤이 한참, 아주 한참 동안 샅샅이 볼 수 있게 했다. 필립이 세상에서 가장 아름다운 남자는 아니지만, 그때 필립은 애덤이 지금까지 살면서 본 가장 아름다운 존재였다.

"미안해, 내가 덩치가 커서." 애덤이 말했다.

"전혀."

두 사람은 계속했다. 하지만 사실 애덤이 좀 더 경험을 하고 난 뒤에 돌아보니, 그때 필립에게는 별 재미없는 일이었을 수도 있겠다는 생각이 들었다. 속으로는 이 순간이 빨리 끝나지 않기만을 절박하게 빌었지만 애덤의 몸은 충격으로 거의 돌처럼 굳어 있었다.

그때 필립이 애덤의 귀에 속삭였다. "해도 돼……?" 필립이 수줍어하며 말을 뭉갰다.

"그것도 해 본 적 없어."

"그럼 안 해도 괜찮아—"

"아니야. 좋아."

"정말?"

"응."

"확실해?"

"그런 것 같아."

필립이 애덤의 눈을 마주 보았다. "천천히 할게." 필립이 그렇게 말하며 콘돔을 끼웠다.

필립이 천천히 하긴 했지만 그래도 쉽지 않았다.

"그만하라고 하면 멈출게." 필립이 말했다.

"그냥 잠깐만…… 안 움직이고 있으면 안 돼?"

"그래. 처음에는 다들 아파."

"그러면 왜 하는 거야?" 애덤이 물었다.

"기다려 봐. 조금만 기다려."

애덤은 기다렸다. 처음 느꼈던 통증은 가라앉았다. 참을 만해졌다. 그러더니 점점 놀라워졌다. 육체적으로도, 정신적으로도. 두 사람은 마주 보고 있었고, 애덤은 극도로 집중하는 필립을 보면서 필립도 자기와 같은 생각을 하고 있을까 궁금해했다. 나는 섹스를 하고 있다. 나는 실제 사람과 실제 섹스를 한다.

섹스를 한다.

섹스를 한다.

애덤은 당혹스러운 말들을 자기도 모르게 내뱉었다. 아마 꽤 큰 소리로 말한 것 같았다. 그런데 필립도 그랬다. 끝나고 나서, 여전히 연결된 채로, 씻으러 일어나기 전에 필립은 다시 키스를 했고 애덤의 입술과 혀를 아주 오래오래 붙들고 있었다. "좀 더 일찍 시작했으면 좋았을 텐데."

알고 보니 필립도 엔조처럼, 앤젤러처럼 곧 떠나기로 되어 있었기 때문이었다. 그게 둘의 마지막 만남이었다. 몇 번 문자를 주고받았지만 필립의 문자 내용은 주로 잘 지내라, 잘 있어라

하는 것이었다. 필립은 고등학교 4학년 과정을 마치러 오마하로 갔다. 애덤은 당연히 실망했지만, 필립이 곧 떠날 사람이 아니었다면 그 일이 아예 일어나지 않았을 수 있다는 것도 알았다. 필립이 그런 위험을 무릅썼을까? 아무 말도 안 하고 애덤이 아무것도 모르는 채로 내버려 두지 않았을까?

어쨌거나 그 일이 일어났다. 앤젤러의 첫 경험으로부터 27일 뒤에. 그날 아침 새벽 세 시에 애덤은 필립의 집 욕조 가장자리에 앉아 앤젤러에게 전화를 걸었다. 피곤하고, 쓰라리고, 지치고, 그리고 다른, 너무나 다른, 완전히 다른 느낌이었다.

"맙소사." 앤젤러가 졸린 목소리로 속삭였다.

"그러게." 애덤이 속삭였다.

"맙소사."

"그러게."

"괜찮아?"

"부모님이 나를 죽일 테지만 그래도 상관없을 정도야. 그만큼 괜찮아."

"너한테 물어볼 게 너무 많아."

"내일 얘기해."

"너무…… 많아."

부모님이 애덤을 죽이지는 않았지만, 한 달 근신 처분을 받았고 그해 여름 내내 수요일마다 교회 청소를 해야 했다. 그리고 앤젤러는 아주, 아주, 아주 많은 질문을 했는데 대부분 눈물이 찔끔 날 정도로 해부학적으로 구체적인 질문이었다.

"나는 커트에 대해서 이렇게 자세히 안 물어봤잖아."

"왜, 물어봐도 돼."

"그런 뜻이 아니야."

"아, 넌 날 사랑하잖아. 그러니까 괜찮아."

그랬다. 애덤은 앤젤러를 사랑했다. 가슴이 아릴 정도로 절절하게.

파우누스는 그녀가 쓰러진 덩치 큰 여인 옆에 쭈그려 앉아 있는 것을 본다. 여인의 가슴속으로 들어가 보니 심장이 여전히 뛰고 있다. 심장 박동이 불규칙하고 힘겨워 이 세상에 남은 삶이 길지는 않을 듯했지만.

"엄마 일어나요." 여왕이 말하는 소리가 들린다. "케이티가 왔어요."

그와 마주친 사람들의 기억은 이미 지웠다. 이 집 이웃에 사는 사람들.―차를 몰고 지나가면서 얕은 울타리 너머로 신문을 던져 배달하려던 남자. '망고 캔디 립 대즐'이라는 것에 대해 말씨름을 하다가 갑자기 말을 멈추고 다가오는 그를 쳐다보던, 얼굴이 땟국에 전 여자아이들. 아이들이 비명을 지르기 전에 파우누스는 아이들 눈앞에 손을 들어 말씨름을 하던 상태로 되돌려 놓았다.

그리고 여기에 그의 여왕이, 자기 어머니 옆에 무릎을 꿇고 있다. 사실은 여왕이 어머니인데. 그들 모두의 어머니.

그녀가 문간 너머 집 안을 둘러본다. "나 이곳을 알아."

여왕이 기절한 여자를 두고 일어나 집 안으로 들어간다. 파우누스는 몸집 큰 여자를 넘어서며 여자의 머릿속에서 지워야 할 부분을 찾는다. 그리고는 고개를 숙이고 문 안으로 들어선다. 인간들이 살려고 만든 건물 안에 편히 있기에는 너무 큰 키다. 파우누스는 몸을 숙이고 여왕의 뒤를 쫓는다. 집에서는 통나무 집에서 풍기던 죽음의 냄새 대신 슬픔의 냄새가 난다. 차갑고 묵직한 냄새가 공간을 가득 메우고 있어 단 몇 걸음 옮기는데도 움직임이 느려진다.

집 안은 조용하다. 이 집 안에 기절한 사람 말고 다른 사람들도 살지만 지금은 집에 없다. 파우누스는 더 나이 많은 남자 한 명과 어린 여자 두 명의 냄새를 맡을 수 있다. 오늘 아침까지 집에 있었던 사람들의 냄새가 유령처럼 방 안을 감돈다.

저 정령의 냄새에도 이 사람들의 냄새가 묻어 있다. 그 사람들의 냄새에 정령의 냄새가 섞여 있듯이. 가족은 육체적으로 연결되어 있다.

파우누스는 이곳의 슬픔이 두 갈래라는 걸 느끼고 걸음을 멈춘다. 그녀를 잃은 슬픔이 느껴진다. 하지만 여기에는 그녀의 슬픔도 있다. 그녀를 잃기 이전의 상실이 있다. 공허가 있다. 상실과 다르지 않은 공허.

파우누스는 눈을 끔벅이고 앞으로 나아간다.

그녀는 벽난로 앞에 서 있다. 불을 땐 지 몇 달은 지난 차가운 벽난로. 벽난로 선반 위에 사진이 있다.

그녀의 사진이 있다.

"왜 웃어?" 앤젤러가 다시 뒷방에 머리를 들이밀며 말했다.

"커트 밀러 생각이 나서." 애덤이 말했다.

"착한 애지. 이사 갔을 때 슬펐어."

"SNS 친구 맺을 만큼 슬프진 않았지만."

"나 그렇게 궁하진 않아."

"필립 매시슨 생각도 했어."

"아, 애덤의 꽃을 꺾은 아이." 앤젤러가 이해가 간다는 듯 고개를 끄덕였다. "신체적 위안이 필요한 게로군."

"웨이드를 떨쳐 버리는 데 도움이 될까 하고."

앤젤러가 다시 애덤 옆에 앉았다. "나 다시 나가 봐야 하는데⋯⋯. 화내고 싶으면 화내도 돼. 알지."

"알아. 너 생각을 하면 기뻐. 이기적으로 내 생각을 하면 슬프고."

"웨이드는?"

"웨이드에 대해서는 전혀 슬프지 않아."

"애덤—"

"일자리를 잃을 수는 없어. 안 그래도 대학 등록금을 마련할 수 있을지 불확실한데—"

애덤의 폰이 울렸다. 마티가 보낸 문자였다. 앤젤러와 애덤이 같이 문자를 읽었다. '당신께서는 인애를 기뻐하시므로 진노를 오래 품지 아니하시나이다(미가 7:18).'

"미가를 인용하는 사람이 다 있나?" 애덤이 말했다.

"여기에서 '당신'이 누구야?" 앤젤러가 물었다.

"그냥 미안하다는 말이야. 그렇겠지? 아마도? 형은 이상한 믿음이 있기는 하지만 그래도 속마음은 나쁜 사람 아냐."

앤젤러가 푹 한숨을 쉬었다. "라이너스한테 가 봐. 웨이드를 씻어 내. 사랑을 좀 받으라고. 이따 보자."

"송별 파티 하고 떠나는 사람이 한 명이 아니게 됐네."

"원한다면 우리 집에서 피자 서른여섯 판 우리가 다 먹어도 되고."

애덤은 앤젤러에게 슬픈 눈으로 웃음을 지어 보였다.

앤젤러도 슬픈 눈으로 웃었다. "벌써 슬퍼하면 안 돼. 자 빨리 가. 복잡한 건 나중에 생각하고. 라이너스 기다리겠다." 앤젤러는 자기 엄마가 늘 하는 말을 애덤에게 들려주었다. "누군가와 키스할 기회는 절대 놓치지 마. 나중에 가장 크게 후회할 일이니까."

그녀는 사진을 건드리려고 손을 뻗다가 멈춘다. "이건 나야." 그녀는 자기가 속삭이는 소리를 듣고 놀란다. "과거의 나야."

　이건 과거의 그녀야, 라고 여왕이 생각하는 순간 둘은 분리된다. 순간 여왕은 이 몸에서 빠져나와 자기 사진을 보는 그녀를 볼 수 있을 것 같다. 그녀는 쉼 없이 약동하는 자신의 힘, 세상 모든 물의 힘, 달에 응답하고 오직 달에만 응답하는 힘, 이 집을 쓸어 버리고 이 육신을 파괴하고 이 마을을 파괴할 수 있는 힘을 느낀다. 다시 또 그런 일이 허락되기만 한다면—

　"뭐지?" 여왕은 자기 목소리로 말한다. "어떻게 해서 내가?"

　그런데 이 덧없는 정령, 무력하기 그지없고 곧 세상을 떠날 정령이 다시 여왕을 사로잡아 붙들어 자기를 담을 그릇으로 삼고, 여왕은 모든 걸 잊고 자기를 받아들이는 그 육신 안으로 다시 들어간다.

　여왕은 사진을 하나씩 본다. 그녀를 죽인 손이 있는 사진은 없다. 목 주위에 멍이 보이는 사진은 없다.

"나는 이곳에서 행복하지 않았어." 그녀가 말한다. 그 불행 때문에 그녀는 집 밖으로 나가서, 행복이 아니라 무감함을 찾았다. 자기가 택할 수 있는 것은 오직 그것뿐이라고 생각했다.

그녀는 왜 여기에 왔는지 안다. 여기는 집이다. 이곳이 그녀를 끌어당겼다. 토니의 손이 그녀의 목을 조를 때, 머릿속에서 피가 들끓고 이제 되돌릴 수 없는 일이 일어났다고 느낄 때, 삶의 마지막 순간 호수 밑바닥에서 폐에 물이 가득 차 죽어 갈 때, 그때에도 그녀는 집을 생각했다. 이곳을 생각했다.

그녀는 착각이었음을 깨닫는다.

"여기는 전에 내 집이었어." 그녀가 말한다. "하지만 지금은 아니야."

그녀는 몸을 돌려 여전히 파우누스를 보지 못한 채로 나가고 파우누스는 가까스로 여왕이 지나갈 수 있게 옆으로 비켜난다.

(하지만 조금 전 한순간 동안은, 한순간은—)

그녀는 그를 지나쳐 현관으로 다시 가 여자를 넘어서—

여자가 이제 깨어난다—

"케이티?" 여자는 자기가 꿈을 꾸고 있다고 생각하고 묻는다.

"케이티는 죽었어." 여왕은 뒤돌아보지 않고 밖으로 나간다.

파우누스는 따라가는 수밖에 없다.

·

2시에 라이너스

오늘 두 번째 샤워다. 애덤은 라이너스 집 욕실 샤워기 아래 부연 증기 속에서 씩씩거리며 사악한 초대형 글로벌 기업의 냄새, 웨이드 사무실의 냄새, 웨이드의 냄새를 머리카락에서 씻어 냈다. 솔직히 피자와 불고기 냄새도 만만치 않지만.

라이너스가 샤워 커튼 안으로 머리를 들이밀자 안경에 금세 김이 서렸다. "너 괜찮아?"

"응." 애덤이 말했다.

"앤젤러 말이 맞아." 라이너스가 안경을 벗고, 안경이 없으면 장님이나 다름없는 큰 눈을 끔벅거렸는데 애덤은 늘 그 모습이 너무 귀엽다고 생각했다. "신고해야 돼."

"나중에 얘기할까?"

"그래."

"지금 내가 벗은 상탠데 네가 너무 귀여워 보여서 그러는 거야."

라이너스는 배우처럼 고른 이를 활짝 내보이며 웃었다. 교정기 도움 없이 자연적으로 생긴 치아였다. "너도 만만치 않다고. 김이 껴서 잘 안 보이지만. 옆에 안 있어 줘도 돼?"

"아직은. 곧 갈게." 애덤은 어깨부터 벌써 살짝 나온 하얀 배까지 물을 흘려보냈다. 평생 이 배 때문에 속 썩을 일이 훤했다. "앤젤러는 4학년 때 네덜란드 자기 이모가 하는 프로그램에 들어간대."

라이너스가 놀란 듯 입을 벌렸다. "오늘 일이 많았구나."

"어떤 관점에서 보면 앤젤러에게 잘된 일이야."

"다른 관점에서는?"

애덤은 물줄기와 증기 속에서 고개를 들고 라이너스의 끔벅이는 눈을 마주 보았다. "넌 가까운 시일 안에 다른 데로 가거나 하지 말아 줄래?"

"그럴 계획 없어."

"좋아. 아마도 나는 평생 프롬에 살 테니까. 앤젤러나 너나 언제라도 놀러 와."

"너도 떠날 거야. 우리 모두 떠날 거야. 게이라면 마땅히 서해안 대도시에서 살아야 해. 그게 법이야."

애덤이 다시 숨을 내쉬었다. "내가 너희 집 더운물 다 쓰겠다."

"여기는 전국에서 비가 제일 많이 오는 주잖아. 물 부족 사태는 어떻게든 헤쳐 나가겠지."

"나한테 무슨 문제가 있는 걸까?"

"제모하기 싫어하는 점?"

"윽, 싫어. 난 그거 싫어. 난 바비 인형이 아냐."

"아니지, 넌 절대 절대 바비 인형이 아니지."

"농담 아니야."

"그러면 약간의 자기 연민."

"미안해."

"용서한다. 오늘 아직 두 시밖에 안 됐는데 벌써 엄청난 일이 트럭으로 있었으니." 라이너스가 말했다. "애덤, 다른 사람하고 비교해 봤을 때 절대로 너한테 문제가 많다고 할 수 없어. 내가 부모님이 소프트볼 하러 간 사이에 덩치 크고 털 관리도 안 한 네가 벌거벗고 우리 집 샤워기에서 더운물을 낭비하는 모습에 푹 빠지지 못하게 할 만큼의 문제는 없다고."

애덤은 살짝 웃고 몸을 기울여 젖은 입술로 라이너스에게 입을 맞췄다.

"네가 너를 사랑하지 못하게 할 만큼의 문제는 없어."

애덤은 혀끝으로 라이너스의 입술에 늘 남아 있는 희미한 커피를 맛보고 말했다. "나도 사랑해."

그들이 찾아낸 여자아이는 약에 취해 있다. 눈을 뜨고 숨을 쉬면서도, 여왕과 파우누스가 자기가 누워 있는 소파로 다가오는 걸 보지 못한다.

"너는 세라야." 여왕이 말한다. 인사가 아니라 사실을 말하는 것이다.

여자는 그 목소리를 듣고 눈동자를 여왕 쪽으로 돌린다. 하지만 여자 눈에 실제로 무엇이 보이는지는 알 수 없다.

파우누스는 여왕을 따라 경계도 지형지물도 고려하지 않고 일직선으로 여기까지 왔다. 여왕은 길이며 집이며 무시하고 똑바로 관통했고, 장애물 안으로 통과하는 게 너무 시간이 오래 걸릴 때에만 돌아갔다. 이 환한 대낮에, 대부분 사람들이 집에서 쉬고 있는 시간에 그러고 다녔다. 파우누스가 지워야 하는 기억이 수도 없이 많았다. 파우누스는 차츰 절망에 빠지기 시작한다. 사람들이 보든 말든 무슨 상관인가? 여왕을 구하지 못하

156

면 모든 게 다 끝나고 말 텐데.

그들은 어떤 집에 도착했다. 이 집. 병의 냄새가 너무 강해서 집 안으로 들어가는 것만으로도 힘겹다.

"너는 세라야." 여왕이 다시 말하며 소파 옆에 무릎을 꿇고 여자아이의 손을 잡는다—

그때 뜻밖에도 파우누스는 기회가 있음을 알아차린다.

그녀는 너무 강한 사랑이 느껴져 거의 휘청거릴 지경이다. 세라. 이 사람, 이 친구, 이 집—

그녀는 자기 어머니를 보고 나서 깨달았다. 무덤처럼 고요하거나 아니면 고래고래 호통 소리가 울려 퍼지거나 둘 중 하나뿐 그 사이가 없었던 곳, 엄마 애인들이 그녀의 몸에 손을 댔던 곳, 첫 번째 애인이 그랬을 때 엄마한테 말했지만 엄마가 거짓말하지 말라고 그녀를 때렸던 곳에 되돌아가고야 알았다. 그때 그 일들이 뚜렷하게 떠올랐다. 오직 그곳에 오랫동안 살았기 때문에 여전히 집처럼 보였을 뿐이었다.

그러나 죽음을 통해 마침내 그게 무엇인지 알게 됐다. 그곳은 포식자의 아가리였다.

하지만 이곳, 이 집, 이 여자아이, 세라. 밖에서 보아도, 이 아이를 이곳에 묶어 놓고 있는 질병과 맹목의 경계 너머에서 보아도—

여기, 여기가 그녀의 집이다. 사랑을 구했던 곳, 필요할 때 깃

들 수 있었던 곳. 아, 더 빨리 알았더라면. 그랬다면 친구를 구할
수 있었을 텐데. 어쩌면 그녀 자신도 구할 수 있었을 텐데.

여왕은 손을 뻗어 세라의 손을 잡는다.

세라가 깨어난다. 그리고 여왕을 본다.

라이너스 버툴리스는 리투아니아계 이름이지만, 라이너스의 조상이 미국에 살기 시작한 게 애덤네 조상보다 더 오래되었다. 라이너스 버툴리스는 대학 예비반에서도 최상위권이고, 다른 학생들에 비해 하도 앞서 있어서 수업 절반은 지역 대학 부설 기관에 가서 들었다. 애덤은 라이너스 버툴리스를 너무나 사랑하고 싶어서 가슴이 저릴 정도다.

라이너스가 귀여운 것은 사실이다. 르네와 캐런이 말한 것처럼 너드지만 너드라고 귀여울 수 없는 건 아니다. 라이너스는 검은 뿔테 안경을 썼고, 굵고 긴 갈색 머리카락은 벌써 약간 벗어질 기미를 보였고, 나비넥타이만 안 했다 뿐이지(가끔은 하기도 했다) 구식으로 옷을 갖춰 입었다.

애덤은 절대 부모님에게 라이너스를 보일 수 없을 것이다. 라이너스는 예의 바르고, 다정하고, 잘 웃고, 너무나 많은 의심을 불러일으킬 것이어서, 아마 애덤의 부모님이 라이너스의 존재를 알게 되면 애덤이 고등학교를 졸업할 때까지 멀리 떠나보내겠다는 일념으로 1년짜리 투르크메니스탄 선교 여행을 보내고 말 것이다.

애덤과 앤젤러가 좋아하는 공포 영화를 라이너스도 좋아했다. 라이너스는 표지에 섹시한 엘프가 그려진 3인치 두께의 판타지 소설만 읽었고, 의외로 꽤 잘나가는 볼룸 댄서이기도 했다. 정말이다. 마르타라는 이탈리아 여자애와 짝을 이뤄 춤을 췄고 가끔 상도 받았다. 라이너스가 구식 재킷과 몸에 딱 맞는 바지를 입었을 때 엉덩이의 선이 정말 대단했다. 정말로 대단했다. 애덤은 라이너스의 엉덩이를 손에 쥐고 감탄할 때가 많았다.

지금도 그랬다.

"밥부터 먹을 줄 알았는데." 둘이 침대에 누웠을 때 라이너스가 말했다.

"난 불고기 먹었어. 네 엉덩이 정말 대단해."

"코어에 힘이 없으면 볼룸 댄스를 할 수가 없지."

"네가 나보다 근육이 훨씬 많아. 압도적으로 많아."

"체육 수업 같이 듣는 애들도 보고 놀라더라. 하지만 넌 원하면 한 번에 16마일도 달릴 수 있잖아."

"허벅지만 굵어졌지 엉덩이는 없어."

"네 허벅지로 내 팔을 똑 부러뜨릴 수 있을걸."

"볼룸 댄스 대회에 그 종목이 있어야 되는데. 허벅지 조이기."

"거기서 그게 왜 나오는 거야." 라이너스가 말했지만 웃고 있었다.

놀랍게도 라이너스가 먼저 접근했다. 프롬이 워낙 좁은 동네라 초등학교 2학년 때쯤부터 서로 알기는 했지만, 어울리는 무리가 달랐다. 앤젤러를 '무리'라고 부를 수 있는지는 모르겠지만. 라이너스는 게이에 대한 고정관념에 저항하듯 연극반이 아니라 체스반에 들어갔다. 주로 여자애들하고 친하게 지내기는 했다. 라이너스라는 이름을 마흔이 넘는 어른들은 재미있어했지만 또래 친구들은 별달리 이상하게 생각 안 했다. 브리아나니 제이든이니 하는 이름이 유행하는 세상에 라이너스 정도는 양반이기도 하고 또 라이너스가 워낙 아무렇지 않게 굴기 때문이기도 했다. 아마 이 작은 마을에서 라이너스라는 이름을 그렇게 태평하게 쓸 수 있는 사람은 라이너스뿐일 것이다.

라이너스는 굳이 커밍아웃도 안 했다. 고등학교 2학년 때, 남자아이를(다른 학교 애이긴 했지만 어쨌든 남자를) 3학년 프롬(고등학교에서 학년말에 여는 학생들의 공식 댄스파티-옮긴이)에 데리고 왔다. 학교에서 이 일에 눈이라도 꿈쩍한 사람은 매우 독실한 교직원 한 사람뿐이었다. 교직원이 라이너스 부모님에게 이 사실을 알리는 편지를 보냈는데, 라이너스 부모님은 한 번만 더 자기 아들에 대해 차별적 태도를 비치면 교직원과 학교를 고소하겠다는 내용을 매우 구체적으로 적어서 보냈다.

그 세계, 가능할 법도 한 매혹적인 세계를 애덤은 마치 베일을 통해서 보듯 아스라이 손닿을 수 없는 것으로 바라보았다. 너무나 가깝지만 도저히 가닿을 수 없는 곳. 왜냐하면 그 프롬 파티 뒤에 복음주의 목사들 가운데 (극히) 일부가 격분했기 때문이다. 그런데 그 일부가 다름 아닌 애덤의 아버지 빅 브라이언 손 목사였다. 손 목사는 (늘 그러듯 '생명의 방주' 교회를 찾는 많은 신도들을 의식하면서) 극단적인 입장을 내세우면 사람들의 시선을 끌 기회가 되리라고 생각했다. 애덤은 다른 누구도 아닌 자기를 공격한다고 할 수밖에 없는 설교를 90분 동안 앉아 들었다. 그 건물 안의 누구도, 아버지조차도 그렇다는 사실을 인정하지는 않았지만. "그 학생이 내 자식이었다면 저는 그 댄스 파티장 밖에 베옷을 입고 두엄을 뒤집어쓰고 서 있었을 것입니다." 손 목사는 정말로 그렇게 말했다. 애덤은 아버지가 파티장 밖에서 시위를 하려면 일단 남자애와 같이 파티에 가는 것부터 허락을 해 줘야 할 텐데, 하는 생각을 하지 않을 수 없었다. 집으로 돌아오는 길, 차 안은 유난히 조용했다. (다른 이유도 많지만) 그런 일이 있었기 때문에 애덤은 부모님에게 라이너스의 존재를 알릴 수 없었다. 다행히 부모님이 라이너스의 이름을 제대로 들은 적은 없는데 앤젤러가 수도 없이 커버를 해 준 덕이 크다.

애덤이 '레드 로빈' 햄버거 가게에서 앤젤러가 농장 일 마치고 오기를 기다리는데 라이너스가 다가왔다. 엔조가 관계를 끝내자고 말하고 몇 주밖에 안 지났을 때였다. 엔조와는 특히 힘들게 깨졌다. 이제 애덤은 원래 아무 관계도 아니었다고 선언된 관계가 끝난 것을 아파해야 하는 상황이었다.

"괜찮니?" 라이너스가 뜬금없이 물었다. 애덤은 라이너스가 다가오는 것도 못 봤다. 라즈베리 레모네이드를 시켜 놓고 멍하니 앉아 창밖을 보고 있었는데 갑자기 라이너스가 나타나 테이블 맞은편에 앉았다. "좀 안 좋아 보여서. 약간 넋 나간 것 같기도 하고."

"어, 괜찮아." 애덤은 남자가 이런 식으로 말하는 것에 조금 놀라며 대답했다. 그런 말은 여자들 아니면 자기만 하는 줄 알았다. "누구 기다려."

"앤젤러 달링턴?"

애덤은 아무리 사소한 것이라도 누가 자기에 관해 아는 게 있으면 으레 지금처럼 놀랐다. "응."

"앤젤러 오기 전에 얘기하고 싶은 거 있어?" 라이너스가 다정하게 말했다. "좀 힘들어 보여서."

"우리 서로 잘 아는 사이도 아니잖아, 라이너스."

라이너스는 잠시 머뭇거리다가 밀어붙이기로 결심한 듯 말했다. "어쩌면 아는 것 같은데. 아냐?"

애덤은 그 말의 속뜻을 생각해 봤다. 이 돌멩이가 고요한 호수 속 얼마나 깊이까지 들어가려는 건지. 라이너스는 잠시 말없이 식당 안을 돌아봤다. 놋쇠 난간, 버거와 감자튀김 기름으로 번들거리는 갈색 가죽 부스를 둘러보며 아무도 듣는 사람이 없느지 확인했다. 라이너스는 애덤에게 걱정스러운 얼굴을 가까이 가져가면서 말했다. "네가 왜 슬퍼하는지 알아. 왜 두려워하는지도."

"두렵지 않은데."

"거짓말." 라이너스의 말투는 여전히 다정했다. "나는 두려워. 날마다. 나한테 이렇게 힘든 일인데ㅡ"

"한심한 애덤 손은 얼마나 더 힘들겠냐고?" 애덤의 말은 아주 곱게 나가지는 않았다.

"글쎄." 라이너스가 말했다. "그래. 한심하다는 부분은 빼고. 가족을 우리가 선택할 수는 없으니까. 가족이 하는 설교도 그렇고."

애덤이 얼굴을 찡그렸다. "하, 그걸 어떻게 알아?"

"소셜 미디어가 있는데 모를 수 있어?" 라이너스는 그 얘기는 됐다는 듯 손짓을 했다. "한 일주일 동안 시끄럽더라. 그동안 나는 네가 지금 어떨까 하는 생각만 계속했어."

"라이너스ㅡ"

"누구에게 훅 빠지는지도 우리가 선택하는 게 아니지. 좋아했던 사람이 쓰레기로 판명 나더라도 우리 잘못은 아냐."

라이너스가 얼마나 많이 아는 걸까, 어떻게 알게 되었을까 하는 생각으로 애덤의 배 속이 요동쳤다. (알고 보니 학교 거의 모든 애들이 알았다. 하지만 또 알고 보니 그 손에 닿지 않는 세계에서 학생들 대부분은 애덤을 꽤 좋아하거나 아니면 적어도 애

164

덤을 싫어하지는 않아서, 애덤의 슬픔을 들쑤시지 않도록 알면서도 모른 척했던 거였다. 그 생각을 하면 애덤은 아직까지도 머리가 띵하고, 얼굴은 달아오르고, 이불 밑으로 기어 들어가 죽고 싶은 생각뿐이다.) 하지만 라이너스에게서는 어떤 악의도, 사생활을 들추고 싶은 욕구도 느껴지지 않았다. 애덤은 전에 비행기 추락 사고의 트라우마를 효과적으로 치료할 수 있는 사람은 본인도 추락 사고 생존자인 사람밖에 없다는 말을 들은 적이 있다. 본능적으로 자기와 같은 일을 겪었던 사람, 직접 경험이 있는 사람만 믿게 되기 때문이다.

그때 라이너스가—정말로 그렇게 했다. 정말로—테이블 너머로 손을 뻗어 애덤의 손 위에 손을 얹었다. 라이너스 버툴리스의 희한하게 시대에 뒤떨어진 다른 면들과 잘 어울리는 희한하게 예스러운 동작이었다.

"그래. 우리는 서로를 잘 모르지. 하지만……."

라이너스가 말을 멈췄다. 애덤은 어느새 자기가 숨을 참고 있는 걸 느꼈다. "앤젤러 만나기로 했어."

라이너스가 다시 웃었다. "앤젤러 정말 대단해."

"맞아."

"걔가 너 친구라면 너도 좀 대단한 거야."

"나 초등학생 아니거든, 라이너스."

라이너스가 웃었다. "내가 '스쿨하우스 락'(미국 교육용 음악 애니메이션 시리즈-옮긴이)처럼 말했나?"

"조금."

"애덤." 처음으로 라이너스는 눈길을 거두고 손을 치우면서 애덤의 레모네이드에 관심이 있는 척 손끝으로 글라스를 두들겼다. "너는," 라이너스는 "너는"에서 잠시 눈을 마주쳤다가 다시 눈을 돌렸다. "아름다운 사람이야. 상처를 감추려고 애쓰는 사람의 기운이 너한테서 느껴져. 부당한 상처지만 너는 부당하지 않다고 생각할지도 모르지." 라이너스가 다시 고개를 들었다. "하지만 나는 부당하다고 확신해. 돈이라도 걸겠어."

애덤은 "아름다운"이라는 말에 얼굴이 달아오르기 시작해 어떻게 하면 라이너스에게 홍조를 들키지 않을까 하는 생각뿐이었다.

"나 약한 구석 노리고 덤비는 건 아냐. 그건 분명히 해 두고 싶어. 나 그런 사람 아냐." 라이너스가 어깨를 으쓱했다. "그냥 늘 네가 괜찮은 애 같았어. 귀여워 보여. 그래서 그냥······." 라이너스가 애덤의 레모네이드 컵을 다시 두들겼는데 애덤은 라이너스의 목소리가 약간 떨리는 걸 듣고 놀랐다.

"어떤 기분일지 알아. 어떤 건지 다 알아."

"어이." 앤젤러가 테이블 끝에 서서 특유의 말투로 말했다. "안녕 라이너스." 하지만 앤젤러의 눈은 애덤에게 고정되어 있었다.

"안녕 앤젤러." 라이너스가 자리에서 주섬주섬 일어나며 말했다.

"뭐 해?" 앤젤러가 물었다.

라이너스는 동작을 멈추고 숨을 들이마시더니 애덤을 쳐다 봤다. "애덤한테 데이트 신청했어. 그럴 마음이 들면 말해. 아니면 그냥 가볍게 어울려 놀아도 좋고."

라이너스는 살짝 손 인사를 하고는 다른 테이블에 앉지도 않고 그냥 나갔다. 알고 보니 여동생이 그 식당에서 아르바이트하려고 면접을 보는 동안 기다리고 있던 것이었다. 동생은 일자리를 얻었다. 라이너스는 결국 데이트를 하게 됐다.

"눈이 타는 것 같아." 세라가 말한다. 사실이다. 세라는 지금 여왕의 영광을 맨눈으로 직접 보고 있다. 그건 아무도 보면 안 되는 것이고, 특히 세라 같은 인간이 이렇게 가까이에서 보아서는 안 된다. 눈을 돌리지 않으면 순식간에 눈이 멀고 말 것이다.

파우누스는 어차피 살날이 얼마 남지 않은 인간이 어떻게 되든 신경 쓸 겨를이 없다.

여기 파우누스의 여왕이 있기 때문이다.

"여왕님, 제 목소리가 들리십니까?" 파우누스가 묻는다.

"여기가 어디지?" 여왕이 대답하자 파우누스의 가슴이 마구 뛴다. "뭐 하는 곳이지?"

"여왕님이 갇히셨습니다. 이 정령이 여왕님을 여기 붙들어 놓아서—"

"이 정령이 나를 여기 붙들어 놓는다." 여왕의 눈은 고통으로 몸부림치기 시작한 세라에게 고정되어 있다.

"이 정령이 나를 이곳, 이 몸에 붙들어 놓는다."

여왕은 파우누스를 돌아본다. 세라가 시선에서 놓여나며 겨우 안도의 숨을 내쉰다. "어떻게 그럴 수 있지?" 여왕이 말한다. "어떻게 감히—"

그러더니 세라의 손을 놓는 순간 여왕이 다시 사라진다.

하지만 한순간—

한순간, 여왕이 본모습으로 돌아왔다. 하지만 자기가 어떤 존재였는지 또렷이 기억하지 못한다. 여왕은 다시 자기를 사로잡은 정령과 같이 있다.

자기 집을 찾으러 온 정령.

그러면 자유를 찾을 수 있을 거라고 믿어 여기에 온 것이라고 여왕은 생각한다. 자유로워질 거라고.

하지만 자유로워져야 하는 사람이 그녀뿐인가? 그리고 왜 이곳인가? 왜 이 사람, 눈을 비비며 냄새나는 소파에 빠 지 한참 된 옷을 입고 누워 신음하는 이 사람에게 와야 했나? 조금 전에는 명백하게 느껴졌던 것이 이제는 흐릿하다.

"내가 왜 여기에 있지?" 여왕이 소리 내어 말한다. 이 사람, 세라라는 인간이 여왕의 목소리를 듣는다.

"나를 벌주려고?" 세라가 두려운 목소리로 묻는다.

"나를 죽인 건 네가 아냐." 여왕이 말한다.

"아, 케이티." 세라가 눈물을 흘린다. 눈물이 고이자 다친 눈이 더욱 쓰라려 얼굴이 우그러진다. "너를 끌어들이면 안 되는 거였어. 내 잘못이야. 내가 너무 어리석었어."

"너는 내 집이었어." 여왕은 사실을 기억해 내고, 그 사실과 얽혀 있는 감정을 기억해 내려고 애쓴다. "너는 내 가장 가까운 친구였어."

"너도 나한테 그랬어, 케이티." 세라가 울면서 말한다. "너를 끌어들이지 말았어야 했어."

여왕에게, 정령에게 질문이 떠오르고, 두 존재가 서로 엮이며 꼬인 가닥으로 이루어진 제3의 존재에게 질문이 떠오르고 또 떠올라 입 밖에 내어 말할 수밖에 없다—

"네 잘못이야?" 여왕이 세라에게 묻는다. 정말로 모르기 때문에.

그게 누가 되었든 책임이 있는 사람을 반드시 죽일 것이다.

여기. 지금. 다시. 두 시에 라이너스의 집에 온 이유. 오직 그 이유만은 아니었지만 의외로 기회도 적당한 장소도 아주 드물기 때문에 둘은 기회가 있으면 놓치지 않았다.

라이너스와 같이할 때에는 여러모로 달랐다.

일단 둘의 키 차이가 있었다. 키 차이를 무시할 수는 없었다. 그래도 앤젤러의 질문이 암시하는 것처럼 어려운 일은 아니었다. "너 머리를 쾅쾅 부딪힐 것 같은데? 라이너스가 침대에서 떨어져 버린다던가?"

"너도 체스터 월리스하고 사귀었잖아. 너보다 3피트는 더 클 텐데." 애덤은 이렇게 대답했다.

"맞아. 난 그걸 일종의 장애물 코스로 생각했지. 어떤 장애물은 뛰어넘고, 어떤 건 아래로 기어 들어가 통과하고, 마지막에 밧줄을 타고 올라가면 끝이 나서 다이어트 코크를 상으로 받는."

171

"왜 웃어?" 라이너스가 자기도 웃으면서 속삭였다.

"아냐. 그냥…… 우리가 어떤 모습일까 싶어서."

"사진은 안 돼. 절대."

"나도 사진 싫어ー"

"왜냐하면 그런 건 절대로 없어지지 않거든. 뒷목에 태양 문신을 새긴 어떤 여자가 대통령이 되었는데 역대 대통령 중에 최고로 훌륭한 사람이었어. 그런데 취임 나흘 만에 누군가 대통령이 젊었을 때 평화 집회를 마치고 수염이 난 활동가와 같이 찍은 사진을 찾아낸 거지. 그 활동가는 기념이 될 뭔가를 남기려던 게 아니라 사진을 찍으면 '흥분'이 돼서 찍는다고 말했고 그녀를 매우 존중하기 때문에 당연히 바로 사진을 지웠는데도 말이야."

이것도 다른 점이었다. "어떻게 그러는 거야?"

"뭘?"

"동시에 두 가지에 집중하는 거."

라이너스는 어색하게 몸을 앞으로 뻗어 애덤의 입술에 입을 맞췄다. "나는 한 가지에만 집중해."

엔조와 하던 섹스와 라이너스와 하는 섹스는 완전히 달랐다. 엔조는 말이 없었다. 라이너스는 말이 아주, 아주 많았고 애덤은 그게 싫지 않았다. 느낌도 전혀 달랐다. 엔조와 같이 있을 때는 절박함이라고밖에는 말할 수 없는 순간이 있었다. 그걸 해야만 했고, 당장 옷을 벗겨야 했고, 엔조가 애덤의 안에 들어가야만 했다(애덤이 위로 올라간 적도 드물게 있었지만, 그때는 절박해서가 아니고 한참 협상 끝에 얻어 내 기계적인 과정으로 진행되다 보니 애덤 본인도 별로 즐기지 못했다. 엔조가 그걸 노렸는지도 모른다).

라이너스와 같이 있을 때는 늘 웃음이 있었다. 언제나. 입맞춤은 즐거운 비밀 같았다. 애덤의 엉덩이 위에 올려놓은 손은 옛날식 접근법 같았다. 마치 라이너스가 두 사람이 같이할 수 있는 가장 즐겁고 재미있는 일을 하자고 끌어들이는 것 같았다.

엔조와 같이 있을 때는 재미있지 않았다. 엔조는 강압적이고 거칠고 자기주장이 강했는데, 애덤은 (라이너스도) 한 번도 그래 보지 못했다. 엔조는 단 한 번도 움직임을 멈추고 애덤에게 괜찮냐고 물은 적이 없다. 그냥 애덤이 익숙해지겠거니, 애덤이 그런 식을 좋아하겠거니 생각하고 밀어붙였다. 애덤은 그게 좋을 때도 있었지만 어떤 때는 전혀 재미있지 않았다. 가끔은 계속 아프기만 해서 그냥 눈을 질끈 감고 엔조가 빨리 끝내기를, 엔조가 늘 그러듯 끙 하는 소리와 한숨 소리를 내고 애덤의 목 위에 엎어져 쇄골 뼈 위에 숨을 몰아쉬기를 기다렸다. 그러고 나면 엔조는 손가락 두 개로 콘돔이 빠지지 않게 잡고 뒤로 물러섰고, 콘돔을 빼 침대 옆 쓰레기통에 던져 넣고 누워서는 애덤이 스스로 자기 볼일을 끝내기를 기다렸다.

공평하다고 할 수 있을까? 엔조의 행동이 아니라 애덤의 기억 말이다. 정확한 기억인가? 애덤이 스스로를 희생자로 만들려고 기억을 왜곡한 걸까? 애덤도 알 수 없었다. 그런데도 애덤은 집에서 자위를 할 때 아직도 라이너스보다 엔조를 더 자주 떠올린다는 사실이 싫었다.

"너 또 딴 데 가 있다." 라이너스가 속삭였다. "여기로 와."

"왜 속삭여? 집에 아무도 없잖아."

"그렇긴 한데……." 라이너스는 부드러우면서도 깊게 밀었다. 애덤이 다시 숨을 들이마셨다. "우리만의 세상 같지 않아? 우리 둘만 있는 우리만의 공간. 다른 사람들로부터 분리되어 있고 존재 자체에서도 분리된 것처럼?" 라이너스가 다시 밀었다. "시간이 멈춘 것처럼. 이것도 멈추고……."

"멈추고……? 아, 너무 좋아."

"그래?"

"응."

"애덤." 라이너스는 그냥 이름만 부르더니, 얼굴을 애덤의 가슴에 가져다 대고 가슴팍에 돋은 금발 털 몇 가닥을 코로 문질렀다. 라이너스는 애덤의 가슴 한복판에 입을 맞추고 깊이 숨을 들이마셔 살냄새를 맡았다. 라이너스의 상체는 애덤의 들어 올린 허벅지 사이에 있었고, 애덤의 발목은 라이너스의 등 뒤에서 교차했다. 애덤은 한쪽 발로 라이너스의 등을 쓸어 엉덩이 사이에 닿을 때까지 내렸다. 말했다시피 거의 가슴 아플 정도로 아름다운 엉덩이에. 엔조와 달리 라이너스는 엉덩이를 아끼지 않고 내주었다. 하지만 둘이서 할 수 있는 게 그 방법만은 아니었다. 다른 것들도 많았다. 라이너스는 엔조처럼 한 가지 방식만 고집하지 않았다.

게다가 엔조한테는 댄서의 엉덩이가 없었다. "너 정말 아름다워." 애덤은 라이너스보다도 더 작은 소리로 속삭였다. "정말 미치게 아름다워, 라이너스." 라이너스는 가슴에 다시 입을 맞췄다. 애덤은 손으로 라이너스의 얼굴을 잡고 끌어 올렸다. "진심이야." 애덤은 엄지손가락으로 라이너스의 뺨 위 안경테 아래쪽을 부드럽게 쓸었다(재미있게도 라이너스는 계속 안경을 쓰고 있었다. 둘 다 그러는 편을 좋아했고, 특히 라이너스는 섹스 중에도 앞을 보고 싶어 했다). 그리고 손을 아래로 가져가 입술을 쓸었다.

"내가 키가 컸으면 입술에 키스했을 텐데." 라이너스가 말했다.

"지금도 좋아."

라이너스는 용기를 얻고 다시 밀었다. 다시. "더 빨리할까?" 라이너스가 물었다. 애덤이 고개를 끄덕였다. 빠른 것도 좋았다. 이건 세상의 웨이드들을 물리치기 위한 것이었다. 웨이드는 결코 이해하지 못할 것이다. 마티도. 지금 생각해 보면 엔조도 이해하지 못할 때가 많았던 것 같다. 육체적 만족이 전부가 아니었다. 몸도 당연히 중요하지만, 추악한 웨이드나 자기 삶과 다른 것은 상상하지 않으려는 마티나 나중에 가서 '그냥 친구 사이'였다는 엔조는 육체적인 것 너머를 보지 못했다. 일반적

175

사회 통념과 다른 것에 대해서는 너무나 많은 사람들이 그랬다.

그렇지만 여기, 지금, 다시 육체를, 혹은 정신을, 심지어 인격마저 넘어서는 게 있었다. 성스러운 것과는 달랐다. 이곳에서만 가능한 무엇이었다. 애덤은 다양한 정도로 다양한 각도로 그것에 가닿았다. 엔조와도 몇 번, 필립 매시슨이나 심지어 청소년 성가대 래리하고도 경험했다. 그렇지만 라이너스와 함께 할 때와는 전혀 달랐다.

왜일까? 왜 왜 왜—

라이너스를 보라. 정수리에서 소용돌이 모양으로 갈라진 귀여운 가마. 애덤의 배 위에 놓인 손. 팔꿈치 안쪽 접어진 부분의 보얀 피부. 그냥 라이너스를 보라. 애덤을 사랑하는 라이너스를.

"사랑해." 애덤이 말했다. 라이너스에게 그렇게 말했다.

라이너스는 장난스레 윙크를 했다. "섹스 할 때 한 말은 안 쳐주는 거 알지?" 그런데 그때 라이너스가 애덤의 눈가에 눈물이 맺힌 걸 보았다. 라이너스는 부드러운 손길로 눈물방울을 쓸었다. "애덤?"

"제발 내가 사랑받지 못하고 버려지게 하지 마." 애덤이 대답하고 부끄럽게도 조금 더 울었다.

"책임." 여왕이 다시 말한다. "그걸 찾고 있어. 어디에 있지? 누구 탓이지?"

파우누스는 여왕 옆을 돌아 울고 있는 세라라는 사람에게 다가가 진정시키려 한다. 이게 약 때문에 보는 환상이 아닐지 모른다는 생각에 세라의 두려움이 점점 커진다. 파우누스가 세라를 진정시키려는 까닭은 나약한 인간을 동정해서가 아니고, 이 인간이 여왕을 사로잡은 정령을 끌어당기기 때문이다. 여왕을 잠시 놓아줄 정도로 강하게 끌어당겼다. 다시 여왕이 놓여나게 만들 수만 있다면—

"누구 탓이지?" 여왕이 다시 묻는다.

세라는 붉어진 눈을 크게 뜨고 여왕을 쳐다본다. 이제 정령이 여왕의 찬란한 영광을 가리고 있기 때문에 쳐다보아도 눈이 시리지 않다.

적어도 여왕이 아직 저 안에 있다는 건 알게 됐다. 강력하고 장려한 존재로.

다시 기회가 오면 그때는 절대 놓치지 않을 것이다.

"내 탓도 한 가닥 있다는 걸 느껴." 여왕은 자기도 모르게 이렇게 말한다. "이 안에 있어."

그러나 그때 여왕이 생각하고 느끼고 생각을 뻗어, 남 탓이라는 게 인간이 만들어 낸 사악하고 이기적인 자기기만임을 깨닫자 책임의 가닥이 사방으로 뻗는다. 사람들이 다 잘못이 있으면서도 잘못을 인정하지 않기 때문이다.

"너한테도 한 가닥이 있구나." 그녀가 세라에게 말한다.

그녀는 세라가 이 말을 두려워하면서도 늘 비난받는 것에 익숙해 당연히 받아들이는 걸 본다. 세라는 심지어 책임을 덮어쓰고 죽기를 은근히 바라기까지 한다.

"하지만 네가 생각하는 것보다는 훨씬 작아." 여왕이 말한다. "내 안에 있는 가닥이 더 크지만 그것도 가장 큰 것은 아냐."

구름이 걷히는 것처럼, 세라는 마침내 앞이 보이는 듯하다.

"이게⋯⋯." 세라가 몸을 일으켜 세운다. 충격이 경련을 가라앉히고 눈의 고통도 잦아들게 한다. 지금 눈앞에 자기 친구, 살해당한 친구가 보이기 때문이다. "이게 정말 너야?"

세라는 여왕의 손을 잡는다.

파우누스가 홀쩍 뛴다.

"괜찮아." 잠시 뒤, 라이너스가 애덤 옆에 웅크리고 누워 목 언저리에 숨을 쉬며 말했다.

"왜 그러는지 모르겠어. 정말 모르겠어." 애덤이 말했다.

"웨이드 때문이겠지."

"아, 그 인간 이름 말하지 마."

"집에서 무슨 일 있었어?"

"마티가 여자 친구를 임신시켰어."

그 말에 라이너스는 일어나 앉았다. "뭐라고? 왜 아까는 그 얘기 안 했어?"

"웨이드가 있었잖아? 거기다 앤젤러까지."

"근데, 마티가 동정이 아니라는 소식이 다른 소식들보다 더 충격적이긴 하지만 그게 울고 싶을 일은 아니잖아."

"그래."

"그럼 무슨 일이 있었던 거야?"

애덤도 알고 싶었다. 책이나 영화를 보면 뭐든 확실하던데. 누구나 왜 그런지 이유를 알던데. 하지만 현실은 뒤죽박죽이었다. 오늘만 봐도 그랬다. 라이너스와 함께 있으면서 느낀 해방감이 엄청났다. 지금은 잠시 중단된 상태지만 그들이 향해 가고 있던 게 너무 강력해서 다른 일들은 다 잊을 수도 있을 것 같았다. 웨이드나 앤젤러 일이나 집에서 있었던 일이나 오늘 오후에 교회에서 아버지 일을 거들기로 한 것이나 그리고―

"엔조 때문이지?" 라이너스가 작은 목소리로 물었다.

"아니야." 애덤이 바로 말했다. 그러나 애덤 자신도 알 수 없었다. 이 많은 일이 일어나는 가운데 오늘은 엔조가 영영 떠나는 날이라는 사실이 마음 한편에 계속 있었다.

"난 괜찮아." 라이너스가 말했지만 괜찮게 들리지는 않았다.

"안 괜찮아야 해. 나라면 그럴 거야."

라이너스는 머리를 숙여 턱을 애덤의 가슴에 댔다. "걔가 어떻게 네 가슴에 그렇게 깊이 갈고리를 꽂았는지 나도 알고 싶다. 잘해 주지도 않았을 텐데."

"맞아." 애덤이 말했다. "뭐 마음먹으면 잘해 줄 때도 있었지만, 대체로 아니었지."

라이너스는 애덤의 심장이 있는 부분을 손가락 끝으로 두드렸다. "그런데도 아직 이 안에 있지."

"아니야, 라이너스. 그래서 운 거 아냐."

"조금은 그랬겠지."

"아주 조금은 그랬을 수도 있을 거야. 어쨌든 그건 아주 일부야." 애덤은 그게 사실일까 생각했다. 사실이기를 바랐다. 사실일지 몰랐다.

"그럼 뭔데?"

"라이너스—"

"나 때문이야?"

"아냐—"

"걔가 너한테 거짓말한 거 알아. 아니면 사실이라고 생각하고 말한 걸 나중에는 사실이 아닌 것으로 만들었거나. 나는 그런 짓 하지 않았어. 내가 훌륭한 사람이라는 얘기가 아니고 적어도 너한테 거짓말한 적은 없어. 우리 사이에 대해서. 내 감정에 대해서."

"알아—"

"키 차이 때문이야?"

"맙소사, 아냐—"

"내가 너보다 더 확연히 게이여서 그런 거야? 네 안에 너도 모르는 호모포비아가 있어서—"

"그건 절대로 아니야."

"뭐가 있긴 하구나?"

애덤은 갑자기 땅 밑으로 꺼지는 기분이었다. 침대 가운데가 쩍 벌어져 그 아래로 빠져 버렸는데 입구에서 애덤을 내려다보는 라이너스가 너무 멀어 손에 닿지 않는 기분이었다. 늘 그랬다. 항상 이런 기분이었다. 저 위에 있는 사람들 모두 손에 닿지 않는 느낌. 라이너스도, 가끔은 앤젤러도, 가족들은 더더군다나―

"날 사랑받지 못하고 버려지게 하지 마." 라이너스가 애덤이 한 말을 되풀이했다. "그게 무슨 뜻이야? 너를 사랑했던 사람이 세상에 엔조 하나일 수는 없겠지, 왜냐하면―"

"그런 거 아니야. 아니라고."

"그럼 뭔데?"

애덤이 숨을 몰아쉬었다. 거기에 있었다. 언제나 거기에, 입 밖에 내어 말하기를 기다리고 있었다. "아, 제기랄. 뭔지 알아."

"뭔데?"

"내가 너를 제대로 사랑하지 못하게 막는 거."

그 말에 라이너스는 한 방 얻어맞은 사람처럼 이맛살을 찌푸렸다.

"아니. 그런 뜻이 아니야." 애덤이 말했다.

"그럼 무슨 뜻인데?"

"라이너스, 나는……."

"나는 지금 널 사랑하는 것 이상으로 더 할 수는 없어. 어떻게 그게 가능한지 모르겠어. 이걸로 충분하다고 믿고 싶어. 만약 아니라면―"

"충분해. 문제는 나야."

라이너스는 애덤에게서 몸을 떼면서 말했다. "그랬구나. 네가 개를 못 잊는다는 거 나도 알았어—"

"엔조 이야기가 아니야, 라이너스, 맹세해."

라이너스는 이제 일어나 앉아 상처받은 얼굴로 애덤을 내려다보았다. 그러나 애덤의 다음 말을 기다려 주었다.

"오늘, 오늘 아침에, 러닝 하는데 형이 막아 세우더니 여자애를 임신시켰고 결혼할 거고 그 여자 이름이 행복인지 뭔지 하는 뜻이라고 하더라."

"그 러시아 여자 친구?"

"벨라루스. 그런데 아냐, 다른 사람."

"장하다 마티."

"그런데 형이…… 이야기를 하다가 형이…….' 애덤의 목구멍이 조여드는 듯했다. "내가 느끼는 건 진짜 사랑이 아니라고 했어. 그렇다고 생각하겠지만 아니라고. 스스로를 속이고 있는 거라고, 왜냐하면…….'

라이너스가 대신 말을 맺어 주었다. "네가 하는 사랑은 자기가 만난 지 5분 만에 여자애를 임신시킨 것만큼 절절할 수 없을 거라는 거겠지."

애덤은 절박한 표정으로 라이너스를 쳐다보았다. "아 그런데 라이너스, 나도 형 말이 맞다고 생각했어. 맞는다고 믿었다고. 지금도 그런 생각이 있어. 아직도 머릿속에서 어떤 목소리가 이건 진짜가 아니야, 진짜일 수 없어, 하고 말해."

"내가 여자가 아니라서?"

"그것도 그렇지만……." 애덤은 말을 맺을 수가 없었다. 목구멍이 조여 오고 얼굴은 일그러지고 고통스러운 눈물이 흘러내렸다. 라이너스는 다시 가까이 다가와 애덤의 가슴에 몸을 기대고 애덤의 얼굴을 살짝 어루만졌다.

애덤이 마치지 못한 말을 라이너스가 다시 또 마무리했다. "애덤 손에게는 그럴 자격이 없기 때문이지. 앞으로도 영영."

"미안해." 애덤이 말했다.

"미안해해야 할 사람은 네가 아냐." 라이너스가 애덤의 코와 턱, 입술에 입을 맞췄다. 애덤은 조금 더 울다가 라이너스의 입술을 받아들였다. 애덤은 라이너스의 입에서 자기 몸을 맛보고 냄새를 맡을 수 있었다. 라이너스도 마찬가지일 것이다. 키스가 점점 더 깊고 간절해졌다. 애덤의 몸이 반응했고 라이너스도 반응하는 게 느껴졌다.

이번에는 아까와 달랐다. 아까는 재미있고 늘 웃고 같이 있는 느낌이었다면 이건…… 이건 새로운 친밀감이었다.

애덤은 라이너스의 몸에 손을 대고 누르면서 냄새를 맡고, 어루만지고, 가슴에 귀를 대고 심장 박동을 들었고, 다시 또 입으로, 또 입으로 돌아와 입맞춤을 했다. 이번에는 두 사람 다 아무 말도 하지 않았다. 라이너스는 여기, 바로 이곳, 이 공간에 애덤과 같이 있었고, 애덤의 가랑이로 파고들어 마치 한 몸으로 합해지려는 것처럼 가까이 더 가까이 당겼다. 라이너스는 살짝 밀면서 다시 애덤의 몸 안으로 들어왔다. 삽입이 아니라 조합처럼 느껴지는 동작이었다.

　그리고 여기, 지금, 다시 라이너스가 있었다. 어려서 폐결절 수술을 받았을 때 생긴 등 위의 흉터. 엉덩이 사이로 이어진 희미한 털. 오른쪽 허벅지 앞쪽의 사마귀. 그리고 섹스를 할 때 나는 가깝고 은밀한 냄새. 땀 냄새가 아니라 뭔가 다른, 오직 애덤만이, 돌아갈 수 없는 지경에 이르렀을 때 느낄 수 있는 냄새.

　"갈 것 같아." 라이너스가 애덤의 눈을 보며 질문처럼 속삭였다. 애덤이 고개를 끄덕였다. 라이너스는 몸이 굳어졌다. 애덤은 발바닥으로 라이너스의 엉덩이가 움직이는 걸 느꼈다. 라이너스는 잠시 숨을 들이마셨다가 헉 하면서 내뱉었다. 둘은 아무 말도 하지 않았다. 라이너스는 바로 애덤을 손으로 잡고 애덤이 마칠 수 있게 도와주었다. 금방 끝이 났고, 끝이 난 뒤에도 둘은 함께 헐떡이며 같이 있었다. 몸 근육의 긴장을 놓아 버릴 수도 있었지만 조금만 더 이렇게, 아직은, 아직은 아니었다.

"여왕님," 파우누스가 부르며 여왕의 몸에 팔을 두른다. 금지된 행동이자 치명적인 행동이다. 하지만 여왕을 붙들고 있는 존재로부터 여왕을 떼어 내려면 어쩔 수 없다. 죽은 소녀가 세라의 손을 잡는 순간 여왕이 분리되는 걸 느끼고 파우누스는 여왕을 물리적으로 떼어 낸다. 세라는 휘둥그레진 눈으로 파우누스를 쳐다보지만, 여왕이 죽은 여자아이의 정령에서 분리되는 순간 다시 시린 광휘가 뻗어 나와 앞을 보지 못한다.

"감히 나를 만지다니!" 여왕이 우레처럼 호통을 친다. "감히 네가―!"

그러더니 멈춘다. 파우누스도 뜻밖의 저항을 느끼고 동작을 멈춘다. 여왕이 움직임을 멈춘다.

그 정령은―여왕이면서, 정령이면서, 여왕인 정령은 여전히 세라의 손을 잡고 있고, 세라는 현명하게도 모든 감각을 닫아 버렸다.

"기다려." 누그러진 목소리지만 분명한 명령이다. 파우누스는 동작을 멈춘다. 여왕은 정령에서 반은 나오고 반은 들어가 있다. 마치 몸을 뒤로 기울여서 자기 앞에 있는 정령을 보는 듯한 상태다. "기다려." 여왕이 다시 말한다.

같이 귀를 기울인다.

"네가 나를 놓아줘야 해." 정령이 말한다.

"네가 나를 놓아줘야 해." 여왕이 동시에 말한다. 여왕은 먹이를 덮칠 순간을 인내심 있게 기다리는 강꼬치고기처럼 지켜보고 있다.

"누구한테 하는 말씀입니까, 여왕님?" 파우누스가 묻는다.

"케이티?" 세라가 말한다. "너무 보고 싶었어. 나는…… 지금은 하루를 어떻게 버티는지도 모르겠어."

"나를 놓아줘야 해." 정령이, 여왕이 말한다.

세라는 맞잡은 손을 내려다본다.

"손을 놓으라는 말이 아니야." 정령이, 여왕이 말한다.

"여왕님. 시간이 얼마 안 남았습니다―" 파우누스가 말한다.

"기다리라고 했다." 여왕이 파우누스를 돌아보지 않고 말한다.

"네가 나를 놓아주지 않으면 너는 영영 풀려나지 못할 거야." 정령이, 여왕이 세라에게 말한다. "나를 보내 줘야 해. 네 잘못이 아니야."

세라는 여왕을 붙든 채로 울기 시작한다.

"이제 놓아줘야 합니다, 여왕님." 파우누스가 말한다.

"여왕에게 반드시 해야 하는 일이란 없다." 여왕이 말한다. 여전히 눈을 정령과 소파 위 여자아이에게 고정한 채로.

"죽은 사람 안에서 여왕님을 잃고 말 것입니다. 정령이 여왕님을 죽음으로 끌고 갈 것입니다. 우리 모두의 죽음으로요."

"정령이 찾으려 한다. 자기 자신의 해방을 추구한다." 여왕이 손가락을 아주 살짝 까닥했을 뿐이나 파우누스는 여왕을 놓을 수밖에 없다. 여왕은 다시 정령 안으로 스며들어 가면서 파우누스에게 말한다. "이 인간을 따라갈 것이다. 이끄는 대로 어디든 갈 것이다."

"그러다가 다치십니다, 여왕님. 엄청난 대가를 치르게 될 수도 있습니다."

"최고의 여행은 원래 그런 것이다."

그러더니 여왕은 다시 정령에 사로잡혀 사라졌다. 이제 정령은 소파에서 울고 있는 세라에게서 놓여났다. 정령은 일어서서, 이제 파우누스를 보지 못하고 파우누스가 있다는 사실조차 모르는 채로 문으로 나가 그다음 목적지를 향해 간다.

파우누스로서는 세라의 기억을 지우고 여왕을 따라가는 것 말고 다른 도리가 없다. 파우누스는 해를 흘깃 보고 오늘이 자신의 마지막 날이 될 것인가 생각한다.

"교회로 가는 거야?" 라이너스가 차에 탄 애덤에게 묻는다.

"응. 내일 예배 준비하러. 교회 사찰(司察) 두 명 다 아프다는데 내가 백업 1순위야."

라이너스가 몸을 더 가까이 숙이더니 말했다. "너한테서 우리 냄새 나."

"아버지는 그게 무슨 냄새인지 모를 거야." 애덤이 고개를 들었다. "알까?"

"다시 샤워해도 돼."

"벌써 늦었어."

"이따 엔조 송별회에서 보는 거지?"

"갈 거야? 괜찮겠어?"

"네가 가니까. 공짜 맥주도 있고. 당연히 가야지." 라이너스가 다시 입을 맞췄다. "난 진심이야. 우리가 고등학생이고 아직 어리다는 것도 알고, 이게 오래갈 수도 있지만 아닐 수 있다는 것도 알아. 그래도 어쨌든 널 사랑해, 애덤 손. 오늘, 바로 지금, 사랑해."

"나도 사랑해." 애덤이 진지하게 진심으로 말했다.

"아직은 아닐 수도 있지." 라이너스가 웃으며 말했다. "하지만 곧 그렇게 될 거야."

애덤은 뒷거울을 보며 손을 흔들면서 출발했다. 라이너스, 맞다, 바로 지금 그가 사랑하는 라이너스. 가슴이 아릴 정도로. 이게 계속되기를 바랐다.

그걸 누릴 자격이 자기에게 있기를 바랐다.

애덤은 휴대폰을 흘긋 보고 큰길로 들어갔다. 마티가 건 부재중 전화가 있었다. 부모님 연락은 없었다. 앤젤러한테서도 소식이 없는데 아마 지금 일하느라 바쁠 것이다. 사악한 초대형 글로벌 기업에서 같이 일하는 캐런이 괜찮냐고 문자를 보냈다. 또 이런 문자가 있었다.

'넌 좋은 사람이야. 다른 사람들이 너에게 아니라고 말하게 내버려 두지 마.'

라이너스가 보낸 문자였다.

애덤은 휴대폰을 내려놓고 차를 몰았다. 교회에 도착해 차를 세우고서야 라이너스에게 주려고 했던 빨간 장미가 아직 조수석에 놓여 있다는 사실을 알아차렸다.

반석 위의 집

"너무 간격이 넓어." 빅 브라이언 손 목사가 말했다. "열다섯 줄이 들어가야 돼."

"키 큰 사람으로서 전 전혀 넓지 않다고 보는데요."

"넌 여기 앉지도 않잖아. 늘 발코니로 올라가지. 내가 모를 거라고 생각하지 마라."

"신도들 중에 나보다 더 큰 사람도 많잖아요."

"넌 평균은 훨씬 넘어. 열다섯 줄로 맞춰."

부속 예배실은 본당 왼쪽에 있었다. 여기가 교회의 주요 활동 영역으로 주중 오전에는 육아실로, 저녁에는 AA(알코올 중독자 치료 자조 모임-옮긴이) 모임 장소로 쓰인다. 그렇게 해서 얻는 임대료 수입이, 인정하고 싶지는 않겠지만, '반석 위의 집'에는 꼭 필요하다. 토요일 아침에는 남신도 성경 공부 모임이 있는데 애덤은 다행스럽게도 나이가 아직 안 돼서 억지로 참석하지 않아도 된다. 오늘은 성경 공부 모임 다음에 청소년 성가대가 노동절에 교회에서 공연할 뮤지컬 연습을 했고(애덤이 심하게 음치라 아버지도 성가대에 들어가라고 권하지는 않았다), 그 이후에 교회 사찰 두 명이 아버지를 거들어 내일 예배를 볼 공간을 준비해야 하는데 한 명은 갑상샘 수술을 받는다고 하고 다른 한 사람은 (아마도 술에 취해서?) 계단에서 굴러떨어졌다고 한다. 그래서 애덤이 아버지를 도와 예배 준비를 해야 했다. 부속 예배실에 쿠션이 있는 긴 의자 다섯 개를 아버지 지시대로 열다섯 줄로 놓지만, 신도가 많이 와 봐야 삼분의 일도 안 찬다.

"왜 형은 일 안 시켜요?" 애덤이 긴 의자를 예순 개쯤 옮기고 난 다음에 물었다.

"지금은 마티 이야기 하고 싶지 않구나." 아버지가 고개를 돌린 채로 말했다.

"교회 일 도우면서 참회를 할 수도 있잖아요."

그러자 아버지가 애덤을 흘깃 쳐다보았다. "우린 가톨릭이 아냐. 우리는 참회가 아니라 용서를 하지."

"아버지가 용서해 주셨으면 와서 일을 도왔을 텐데요."

"아직 용서하지 않았다." 손 목사는 찬송가가 가득 든 수레를 끌고 들어와 애덤이 긴 의자 위에 올려놓을 수 있게 옆에 세웠다. "하느님 도와주소서, 아직 용서하지 못했나이다."

애덤은 자기가 좁디좁은 길에서 벗어났기 때문이 아니라 형 때문에 아버지 얼굴에 이런 표정이 떠오른 때가 지금 말고 또 언제였는지 기억도 나지 않을 정도였다. 너무 새로운 경험이라

애덤은 자기도 모르게 이렇게 말했다. "아버지 저한테 얘기하고
싶으세요?"

"아니." 손 목사는 다시 몸을 움직이기 시작했다. 부속 예배실
준비로 끝이 아니었다. 예배를 인터넷으로 중계하는 카메라를
확인하고 사운드 시스템을 테스트해야 한다(청소년 성가대는
음향 조정실을 사용하고 나서 원래대로 해 놓지 않는 특성이 있
었다). 그다음에는 사분기에 한 번씩 하는 본당 앞쪽 세례용 욕
조 청소를 하고, 욕조에 물을 채우고 내일 세례식에 대비해 물
을 데워 놓아야 했다. 애덤이 앤젤러와 함께 피자를 사서 '모임'
에 가기 전에 마쳐야 하는 일들이었다.

애덤과 아버지는 다시 조용히 일만 했고, 애덤은 다행이다 싶
었다. 아버지가 애덤이 알아서 잘할 거라 믿는지 옆에 바싹 붙
어 간섭하지 않아 더욱 다행이었다. 라이너스의 냄새가 얼마나
진하게 남아 있을지 알 수 없었다.

"언제부터 알았니?" 아버지가 손에 든 찬송가책 두 권을 내려
다보며 말했다.

애덤은 가슴이 철렁했다. "뭘요?"

"네 형 일 말이야."

애덤은 안도의 한숨을 내쉬었다. "오늘 아침에요. 달리기하는
데 형이 따라와서."

"왜 너한테 먼저?"

애덤은 대꾸를 하려다가, 아버지가 애덤의 생각이 궁금해서

물은 게 아니라 스스로에게 던진 질문이라는 걸 알아차렸다. 어쨌거나 대답했다. "워밍업이었겠죠. 입 밖에 내면 어떻게 들리는지 보려고. 말이 자기를 죽일지 아니면 말은 그냥 말뿐인지."

"그냥 말뿐인 건 없어."

"긍정적인 면도 있잖아요. 할아버지 할머니가 되실 거라는 거요."

"내가 마흔다섯 살이야. 흰머리도 거의 안 났어."

"형이 계속 놀라운 소식을 가져오면 곧 많아질 거예요."

아버지가 찬송가책을 내려놓았다. "농담하지 마라. 젊은 애들은 늘 농담으로 넘기려고 하지. 그래서 어떤 꼴이 됐나 좀 봐라." 아버지는 몸을 돌려 자기 집무실 쪽으로 갔다. 설교문을 써야 할 테니까. 이번에는 설교 주제가 과연 뭐가 될까 궁금했다.

여왕과 여왕을 붙들고 있는 정령은 감옥 안으로 들어가고 싶다.

그러자면 틀림없이 문제를 일으킬 텐데 파우누스는 그 문제를 자기가 수습할 수 있을지 알 수 없다. 문이나 벽을 부수는 것쯤은 문제가 아니다. 파우누스의 힘은 바쁘고 혼란스럽게 사는 이 연약한 존재 수백의 힘에 맞먹는다. 그러나 힘을 쓰면 주의를 끌 것이다. 너무 많은 사람의 눈에 뜨일 테고, 기억을 다 통제하지 못할 위험이 있다. 가상의 믿음에 기대어 사는 존재가 너무 많은 사실을 접하면 치명적인 타격을 입을 수 있다.

그러나 여왕은 확고하다. 여왕은 앞장서서 울타리 너머 교도소를 관리하는 차들만 들어갈 수 있는 길 쪽으로 간다. 누가 언제 나타날지 모르는 곳으로.

"여왕님, 제발." 여왕이 자기 목소리를 들을 수 있는지는 모르지만 파우누스는 여왕을 불러 본다. 해가 기울기 시작한 것을 본다. 여름날이라 참으로 다행이지만, 그래도 곧 오후가 끝나고 땅거미가 지기 시작할 것이다. 그러고 나면 해가 질 테고 종말이 올 것이다. 유일한 위안이라면 종말이 세상을 덮치기 전에 파우누스는 이미 사라지고 없으리라는 것이다.

걱정했던 대로 경찰차가 길을 돌아 다가온다. 운전대를 잡은 사람의 충격받은 얼굴이 보일 정도로 가까이 온다. 경찰차에 탄 사람은 처음에는 젖은 원피스를 입은 죽은 여자를 보고, 그다음에는 겸허하게 거리를 유지하며 뒤를 따르는 거대한 파우누스를 본다.

시작이군, 파우누스는 생각하고 여왕이 자기에게 부과한 긴 싸움을 하러 앞으로 나간다.

차가 등장하자 그녀는 놀란다. 놀랄 일이 아닌데. 차가 끼익 소리를 내더니 덜컹하고 멈춰 선다. 문이 열린다. 남자는 권총집에 손을 대고 혼란스러운 얼굴로 차에서 내린다.

적대감이 느껴진다.

"무슨 문제라도 있습니까?" 남자가 묻는다. 그녀에게 문제가 있고 아마 자기 자신에게도 문제가 있으리라는 확신이 느껴지는 목소리다.

그러나 그때…….

충격적인 깨달음. 두 사람 다.

"아, 운명인가." 그녀가 말한다. "운명이 이렇게 만들었나."

"나 당신 알아." 남자가 여전히 총집에 손을 댄 채로 말한다.

"죽은 사람 동생인가?"

"당신이 호수에서 날 발견했지. 당신이었어." 여왕이 말한다.

"여기 있으면 안 돼요." 남자가 말한다. "거기 당신도요. 공공 장소 노출죄로 즉시 체포합니—"

"누가?" 그녀가 묻지만 경찰관은 순간 바닥에 드러누운 상태가 된다. 앞이 보이지 않는 채로, 아직 시동이 걸려 있는 차 옆에 얌전히 누워 있다. 그녀는 남자에게 다가가 무슨 일이 일어난 건지 이해하지 못하고 내려다본다.

"당신이 나를 발견했어." 그녀는 말한다. 말해야 했다. "얕은 물에서 나를 끌어냈어. 이미 돌이킬 수 없게 된 지 수 시간이 지났는데도 나를 되살리려고 했어. 당신 손이 내 가슴팍을 누르는 걸 느꼈어. 힘을 받아 내 심장 근육이 수축했어." 그녀는 남자의 얼굴 가까이 몸을 숙이고 죽은 손으로 관자놀이를 어루만진다. "당신이 나를 죽인 자를 체포했어. 여기에 데려다 놓았지." 길 위쪽을 바라본다. 여기에서는 교도소 건물이 보이지 않지만 오르막 위쪽에 바로 있다. "이렇게 될 운명이었어. 더 큰 힘이 작용하고 있어."

그녀가 몸을 일으킨다. 남자를 뒤로하고, 어디로 가는지 더욱 강한 확신에 차서 걸어간다.

파우누스가 남자를 바닥에 눕힌 다음 남자의 머리에서 여왕의 기억을 지운다. 총으로 자기를 다치게 할 수는 없다는 걸 알

앉지만, 현재 상태의 여왕도 다치지 않을지는 확신할 수 없다.

차나 남자를 치워 놓을 시간이 없다. 더 많은 혼란과 문제를 일으키겠지만 내버려 둘 수밖에.

"더 큰 힘이 작용하고 있어." 여왕이 말한다.

파우누스는 여왕을 서둘러 뒤쫓아 간다. 여왕이 더 큰 힘이라고 한 게 여왕 자신의 힘을 두고 한 말일까? 아니면 파우누스를? 아니면 다른 어떤 것이, 무언가 끔찍하고 강력한 것이 그들을 계속 몰아가고 있는 걸까?

애덤은 어릴 때부터 아무 의문 없이 당연히 교회를 다녔으나 갑자기 어느 순간 회의가 들었다. 그러다가 또다시 열심히 다녔다. 그러다 또 아니게 되었다. 그러다가는 또 갑자기 바르게 살아야 한다는 생각에 휩싸여 포르노와 문제의 소지가 있는 앱을 모두 지우고 부모님 앞에 편지를 써서 예수님께 삶을 바치겠다, 세상이 어떻게 되어 가는지 걱정스럽다, 곧 적그리스도가 등장할 것이다, 이 모든 것을 하느님과 교회 앞에 맹세한다고 고백했다. 부모님과 편지를 읽으며 눈물바람까지 했다.

그때 애덤이 열세 살이었는데, 이튿날 바로 편지를 쓴 것도 포르노를 지운 것도 후회가 됐다. 그 뒤로 다시 모으느라 힘들었다. 부모님은 애덤이 삐딱하게 굴 때마다 그 편지를 꺼내서 여리고 착하던 애덤은 어디 갔느냐고 한탄했다.

"돌아온 탕아가 가장 많은 사랑을 받았다." 부모님이 이렇게 말한 게 한두 번이 아니었다.

그러면 마티 형은 어쩌고요? 애덤은 묻지 않았다.

신앙이 솟았다 사라졌다 하던 혼란이 엔조를 만나면서 그냥 끝이 났다.

"너라면 어떻게 하겠니?" 애덤이 앤젤러에게 물었다. "사랑이라는 게 하느님이 존재한다는 증거여야 하는데 부모님은 그것과 정반대로 말하니."

"난 너희 부모님을 도저히 이해 못 하겠어." 앤젤러가 말했다.

"나도 마찬가지인 것 같아."

"우리 교회 분위기는 전혀 달라. 얼마 전에 아마 우리 주에서 가장 나이가 많을 법한 레즈비언 커플이 교회에서 결혼식을 올렸어. 팔십 대에도 뭔가 새로운 걸 시도해 보고 싶다는 게 상상이 가니?"

"그래서 내가 너 다니는 교회에 못 가게 하는 거지."

앤젤러가 어깨를 으쓱했다. "우리도 자주 가진 않아. 가더라도 엄마가 친구들 만나러 가는 거지."

"어릴 때 나는 다른 사람들도 다 우리처럼 사는 줄 알았어. 저녁 식탁에서 종말에 대해 이야기하는 거."

"우리도 종말 얘기 하긴 해. 공화당이 재집권하면 종말이라는 이야기지만."

교회 음향 조정실에서 애덤은 앤젤러 생각을 하며 소리 없이 웃었다. 애덤은 청소년 성가대가 괴상하게도 저음역과 고음역은 최고로 높여 놓고 중간 음역대는 소리가 안 나게 조정해 놓은 음향 조정 장치를 다시 맞춰 놓았다. 원래 목소리도 낮은 편이지만 일부러 더 묵직하게 목소리를 내는 손 목사가 저 상태로 마이크에 대고 고함을 치면 유리창이 깨질 테고 무슨 소리인지 아무도 못 알아들을 것이다.

애덤이 휴대폰을 꺼냈다. '아빠가 마티한테 아주 화가 난 건 아닌 것 같아. 속상해하긴 하는데 화를 내진 않아.'

'아직은 몰라.' 앤젤러가 답장을 보냈다. '라이너스는 어땠어?'

'신경 꺼.'

'섹스 했어?'

'신경 꺼.'

'아주 좋은 섹스 했어?'

'신경 끄라고. 여기 일 아직 한두 시간 더 남았어. 일곱 시에 피자집?'

'난 계속 여기 있을 거야.'

'떠난다며.'

'그러지 마.'

애덤은 잠시 멈췄다가 다시 문자를 쳤다. '이 세상 누구보다도 널 사랑해. 나까지 포함해서.'

앤젤러는 눈물을 흘리는 얼굴 이모티콘과 함께 '일하는데 울리지 마!'라는 문자를 보냈다.

"다 끝났니?" 아버지가 인상을 쓰며 비좁은 음향 조정실에 머리를 들이밀었다. 원래 화장실이었는데 애덤이 태어나기도 전에 지금 모습으로 개조했다. 안에 한 명밖에는 들어갈 수 없고, 애덤 혼자 있어도 사방에 팔꿈치가 부딪히곤 했다.

"거의요." 애덤이 말했다.

"전화기 붙들고 노닥거리지 않았으면 벌써 끝났겠지."

"여기 일 끝나고 앤젤러 만나기로 했어요. 약속 잡고 있었어요."

아버지가 누그러졌다. 앤젤러가 다른 인종에 속하므로 통이 넓게 행동할 수 있는 기회가 된다고 생각하기 때문이었다. 빅 브라이언 손 목사는 자기가 도량이 넓다고 생각하는 걸 좋아했다. "노동절 뮤지컬 보러 오라고 해라. 앤젤러라면 언제나 환영한다고, 알지."

"네, 그런데 노동절에는 피자 가게 불이 나거든요. 세상 사람들 다 그날 늦은 여름 파티를 하는 것 같아요. 그날이 피자 가게는 블랙프라이데이에요(미국 노동절은 9월 2일이고, 블랙프라이데이는 미국 추수 감사절 다음 날 대규모 세일을 해서 사람들이 쇼핑을 가장 많이 하는 날이다–옮긴이)."

놀랍게도 손 목사가 보일 듯 말 듯 미소를 지었다.

"오늘 진짜 이상한 것 봤어. 차 타고 오다가." 아버지가 말했다.

"뭐요?"

"염소 의상 입은 남자."

"뭐라고요?"

"나도 처음에는 잘못 본 줄 알았어. 무슨 영화에 나오는 것처럼 실감나던데. 털옷을 입은 게 아니라 온몸에 털을 일일이 붙인 것처럼."

"염소 의상이 다 있어요?"

"그런데 서 있었던 것 같아. 네발로 기는 염소가 아니고."

"그러면…… 파우누스인가? 그런 걸 뭐라고 하더라? 사티로스?"

아버지는 동물에서 이교의 신으로 넘어간 게 못마땅한지 눈살을 찌푸렸다. "여기서 무슨 영화라도 찍는가 보지. HBO 드라마 같은 거."

"위기의 사티로스 주부들."

"무슨 농담인지 전혀 이해 못 하겠다."

"그래도 농담이라는 건 아시잖아요. 가능성이 있어요."

아버지가 다시 보일 듯 말 듯 웃었다. 아버지가 마이크 테스트를 하러 아래층으로 내려간 뒤 애덤은 형은 늘 이런 기분일까 하는 생각을 했다. 마티가 뜻하지 않게 탕아가 되었으니, 이제 애덤이 집에 남아 있던 아들, 같은 편이고 아직은 길을 잃지 않은, 굴레를 벗어나지 않은 아들이 된 것이었다.

재미있네, 애덤은 생각했다.

언덕 위에 올라서기도 전에 고함 소리가 들린다.

"엎드려!"

"손 보이게 들어!"

"이거 대체 뭐야?"

"경고한다. 엎드려!"

파우누스가 손을 든다. (우연히도 항복의 표시와 같은 동작이라 발포를 못 하게 막고) 그 손짓으로 경비대 세 사람이 정신을 잃고 쓰러지게 만든다. 파우누스가 할 수 있는 일은 이날의 일을 그들 기억에서 지우는 것밖에 없다. 투박한 방법이지만 시간이 빠듯해 어쩔 수가 없다.

여왕은 건물 입구처럼 보이는 곳에서 걸음을 멈춘다. 경비가 삼엄한 건물치고 별로 위압적으로 보이지 않는 입구다. 그녀가 문손잡이를 잡지만, 파우누스는 이곳이 교도소니 문이 그냥 열리지는 않으리라는 걸 안다. 파우누스가 도우려고 앞으로 다가

가는데—

철제문이 경첩에서 떨어져 나오고 거인의 손으로 두들긴 듯 우그러진다. 파우누스는 날아가 길바닥에 구르는 문을 옆으로 피한다. 아마 저 아래 멈춰 선 차가 있는 데까지 굴러갔을 것이다.

"여왕님?" 파우누스가 부른다.

여왕의 손에서 문이 열린다. 열리는 정도가 아니라, 사라지라는 손짓 하나에 문이 부서지고 날아가 눈앞에서 사라진다.

뜻밖의 일이지만 당연하게 느껴진다. 나에게 힘이 있어, 그녀는 생각한다. 문명보다 더 오래된 힘. 그녀는 권총을 들고 다가오는 여자에게 손가락을 흔들어 다시 힘을 시험해 본다. 여자는 바닥에 쓰러졌고 더 이상 위협이 되지 못한다.

나는 손으로 불을 일으켰어, 그녀가 생각한다. 여기까지 혼자 날아왔어.

그녀는 그 사실들을 기억해 낸다. 늘 알았던 사실이라고 생각한다.

나는 둘이야. 나는 두 개의 정령이야. 우리는 점점 가까워지고 있어. 경계가 사라져 하나로 섞이고 있어.

"당신은 여왕이십니다." 뒤에서 어떤 목소리가 말한다.

그녀는 돌아보지 않고 대답한다. "그래, 나는 여왕이야." 그러고는 다른 문 하나를 뜯어낸다.

세례식이 있을 때가 아니면 아무도 욕조를 따로 관리하지 않기 때문에 뚜껑을 닫아 놓았는데도 안에는 항상 먼지가 한 꺼풀 덮여 있다. 이번에는 죽은 쥐 하나, 둘, 세 마리도 있어 애덤이 고무장갑 낀 손으로 집어낸다. 한번은 욕조에서 다이어프램 피임 도구 상자를 발견했는데, 애덤이 아무리 생각해 봐도 교회에서 하필 거기에 그런 걸 넣어 둘 사람을 떠올릴 수가 없어 영원한 미스터리로 남았다.

애덤도 여덟 살 때 여기에서 세례를 받았다. 요즘에는 몸을 물에 담그지 않는 세례가 흔하지만 손 목사는 그런 약식을 냉소했다. 시대를 거스르는 태도를 고집해서 옛날식 세례를 원하는 사람들을 불러 모을 수 있기 때문이었다. 손 목사는 애덤에게 직접 세례를 주고 기도를 드리면서 세례식 문답을 진행했고 ("당신의 주인이자 구세주이신 예수 그리스도께 삶을 바칠 것입니까?" "네. 바치겠습니다."), 애덤을 물에 집어넣었다. 애덤이 하도 작아서 신도석에 앉은 사람들 눈에는 잘 보이지 않았다. 아빠는 물에 집어넣었던 애덤을 꺼내고 문간에서 성가대 너머로 이렇게 물었다. "제 아들이 보이십니까?"

사람들이 큰 소리로 웃음을 터뜨렸다.

"비웃은 거 아냐." 그날 밤 애덤의 침대 곁에서 엄마가 말했다.

"비웃었어요." 애덤이 훌쩍였다.

"애덤, 세상이 널 중심으로 돌아가는 줄 아니? 정말 그 사람들, 네 아빠 친구들이 너를 비웃으려고 와서 거기 앉아 있었다고 생각해?"

애덤은 엄마가 '아니요'라는 대답을 기대한다는 걸 알았기 때문에 속으로만 '네'라고 대답했다.

더운 여름 동안 구워지다시피 한 먼지를 벅벅 문질러 벗겨 내면서 애덤은 부모님이 자기를 어떻게 볼까 생각했다. 날마다 자기를 보며 무슨 생각을 할지. 오늘이 되기 전까지 마티는 너무나 완벽한 아들이었다. 금발에, 행동거지 바르고, 따분한 건 사실이지만 문제를 일으키지는 않았다. 부모님이 애덤을 보고는 어떤 생각을 했을까? 애덤도 금발이고, 그럭저럭 예의 바르고, 학교에서 문제를 일으킨 적도 경찰에 불려 간 적도 없고, 지각조차 거의 한 적이 없지만.

"하지만 걔한테는 뭔가 다른 점이 있어." 어느 날 애덤은 아버지가 하는 말을 엿들은 적이 있다. 세례도 받기 전인 어릴 때 일이다. 위층에서 자다가 깨서 헝클어진 머리를 난간 사이로 들이

밀고 부모님 대화를 엿들었다. 밤에 자지 않고 있는 게 약간 스릴 있기도 하고 들킬까 봐 무섭기도 했다.

"이렇다 저렇다 말하기엔 아직 너무 어리지 않아?" 엄마가 대꾸했다. 부모님은 벽난로 앞에 앉아 기독교 로맨스 소설을 읽던 참이었다. 두 분 다 대놓고 인정하지는 않는 비밀스러운 취미 생활이었다. 엄마의 말 뒤에 아버지 질문이 여전히 허공에 남아 맴돌았다. 아빠 말에 반대한다기보다는 아빠가 주장을 어떻게 논증할지 들어 보고 싶다는 듯한 태도였다.

"그 애는…… 몽상적이지." 아빠가 말했다. "자기만의 세계에 가 있어."

"당신도 그러잖아. 사라져 버리는 거."

"내가 뭐 말하는지 알잖아. 눈을 보면 정말 똑똑해 보여. 안에서 뭔가 복잡한 계산이 돌아가는데 뭔지는 알 수가 없지."

애덤은 그 말이 듣기 좋았다.

"마치 우리를 평가하는 것 같은 느낌이야." 엄마가 말했다.

이 말은 정확히 무슨 뜻인지 이해가 안 갔지만, 엄마 말투가 바람직하지 않은 일을 말하는 듯 들리니 별로 좋은 얘기는 아닌 것 같았다.

"평가라고는 안 하겠어. 그건 아닌 것 같아. 똑똑한 건 확실하고 잘 살려 줘야겠지. 그거 말고 뭐랄까…… 교회에서 보면 걔가 다른 애들 노는 걸 보면서 막 머리를 굴리는 것 같아."

"뭐에 대해서?"

"어떻게 행동해야 할까. 어떻게 말을 걸어야 할까. 언제쯤 되면 여기를 떠나 어른들 있는 데로 갈 수 있을까."

"아, 그래, 진짜 어른처럼 말해. 지난번에 보니까 돈 스트론딤이 걔한테 자기 이혼한 얘기 하고 있더라."

"그 아줌마 참."

"그러니까. 어쨌거나 애덤은 애덤이니까 그 아줌마한테 조언을 해 줬을 거야."

"그게 꼭 나쁘다는 건 아냐. 어쩌면 하느님이 주신 선물일 수도 있지. 예민한 점. 나이를 훨씬 앞선 지혜라고 할까."

"지금 예수님하고 비교하는 거야? 그건 좀 심한데."

애덤은 예수님과 비교되는 건 기분이 좋았지만 그다음 이야기는 썩 좋지 않았다.

"가끔은 그게 신경이 쓰여." 아버지가 말했다. "우리가 얘가 그렇게 늘 고민하고 알아내려고 머리를 굴려야 할 만큼 알 수 없는 존재인가? 그 작은 머리로 대체 무슨 생각을 하는지?"

"하느님은 무한한 가능성이시니까. 다 똑같기만 하면 삶이 무슨 재미가 있겠어. 마티는 착하고 착한 애지. 애덤은 좀 달랐으면 좋겠는데, 아무튼 애덤도 착한 애야."

"이제 거의 다 된 것 같구나." 그날 밤 아버지가 말한 것처럼 애덤이 또 몽상에 빠져 있는데 아버지가 안으로 들어와 애덤을 생각에서 깨웠다.

"욕조에 물 채우고 데워야 해요." 애덤이 말했다.

"그래, 그래도ㅡ" 아버지가 손목시계를 흘긋 봤다. 휴대 전화보다 시계로 먼저 눈이 가는 세대다. "빨리했네. 오늘 수고 많이 했다."

애덤이 물을 틀었다. 물이 차는 데 최소 20분 걸리고, 그다음에 염소 소독을 하고 온도를 높여 놓아야 한다. 어쨌든 오늘 열심히 했다는 아버지 말은 맞는 말이었다.

"고마워요. 앤젤러한테 여유 있게 갈 수 있겠어요."

손 목사는 세례받을 사람들이 앉아서 기다리는 긴 의자에 앉았다. 이 공간은 사실 방이라기보다 창고 같은 곳을 손 목사가 욕조와 긴 의자를 설치하고 성가대 의상 보관실과 통하는 문을 달아 탈의실로 쓸 수 있게 해서 세례 장소로 꾸민 곳이다. "그 애를 정말 좋아하는구나."

"제일 친한 친구죠." 애덤이 간단하게 대답했다. 앤젤러가 떠난다는 이야기는 아직 할 마음이 안 들었다. 아버지처럼 멀게 느껴지는 사람하고 공유하기에는 아직은 너무 가슴 깊이 있는 상처였다.

"남자 여자가 그렇게 가까운 친구로 지내는 경우는 많지 않지." 아버지가 넌지시 말했지만 애덤은 아버지가 찔러 보는 것이라고 생각하지는 않았다. 이상하게도 아버지가 진짜 대화를 하고 싶어 하는 것처럼 느껴졌다.

"어릴 때하고는 아무래도 다르죠. 그때는 그냥 친구면 친구였으니까."

"그렇지." 아버지가 뒤로 기대어 앉으며 팔짱을 끼고 발을 내려다보았다. "네가 걔랑 결혼할 거라고 생각했던 거 아니?"

애덤은 과거 시제를 무시하고 대답했다. "전 걔가 좋아하는 스타일이 아녜요. 너무 커요."

"아, 그것보다 더 큰 장애도 얼마든지 극복하지. 그런 건 아무것도 아냐."

"어떤 장애요?"

"무엇이든 간에……. 하느님의 은혜로 안 되는 게 없다는 게 정말 놀랍지."

"아빠—"

"너한테 뭐라고 그러는 거 아니다." 아버지는 아직도 발끝을 내려다보고 있었다. "마티 때문에…… 충격을 받았어."

애덤은 손가락으로 욕조의 물을 휘저으며 걱정스럽게 아버지를 쳐다보았다. "누구든 충격받을 일이니까요."

"그래, 그렇겠지." 아버지가 고개를 들었다. 웃고 있었다. 이상한 일이었다. "애덤, 이 얘기는 해야 할 것 같다. 나쁜 뜻으로 하는 말은 아닌데 우린 항상 너 때문에 놀랄 일은 없을 거라고 생각했어. 마티 때문일 거라고 생각했지. 왜냐하면…… 마티가 그러니까. 믿음직하고, 늘 제가 한번 해볼게요, 하고 말하니까. 하지만 너는…… 네가 어떻게 하든 우리가 크게 놀라지는 않았을 것 같아."

"나쁜 뜻으로 하는 말이 아닌 것 같지 않은데요."

"애덤—"

"제가 은행 강도를 해도 안 놀라실 거예요? 마을 하나를 학살해도?"

"아니면 노벨상을 받거나. 아니면 불난 집에서 사람들을 구하더라도. 그냥 하는 말이야……. 우리는 예측을 할 수가 있지. 그리스도에게 의존하는 것도 그렇기 때문이고. 이 삶이 어떠하든 간에 우리가 하느님을 사랑하고 하느님의 뜻을 따라 살면, 마지막에 우리를 기다리는 게 있다는 게 하느님이 우리에게 약속한 것이니까. 중대한 예측이지." 아버지는 마치 기도를 드리는 것처럼 손을 깍지 꼈다. "하지만…… 가끔은 우리 삶을 지나치게 빤하게 만드는 게 아닌가 싶기도 해. 예측 가능한 것에 너무 큰 가치를 두고 뜻밖의 것은 무시하려고 하지."

"저 같은 거요."

아버지 얼굴이 굳어졌다. "너한테 뭐라고 그러는 거 아녀. 뭐라고 하려던 거냐면……."

아버지가 말끝을 흐렸다. 애덤은 어색한 긴장감을 깨려고 농담을 했다. "아버지 말투가 시골 사람 같아졌어요. 켄터키 출신인 줄 알겠어요."

아버지는 웃지 않고 대답했다. "내가 바라는 건……."

"뭔데요?" 애덤의 손은 여전히 게으르게 물을 젓고 있었지만 배 속은 긴장으로 조금씩 조여 오기 시작했다.

아버지가 애덤을 똑바로 봤다. "서로 솔직해졌으면 좋겠어.

서로서로. 너희 엄마도 그랬으면 좋겠고. 마티도, 너도 마찬가지로. 너하고 나 사이도 그랬으면 좋겠다. 네가 나한테는 뭐든 솔직하게 털어놓아도 된다고 생각하면 좋겠어. 네가 겁을 내고 있다고 생각하면 가슴이 아프다."

한동안, 한참 동안 두 사람은 서로 쳐다보고만 있었다. 물 쏟아지는 소리 말고는 아무 소리도 들리지 않았다. 둘 다 서로 먼저 침묵을 깨기만을 기다리는 것 같았다.

옛날에, 애덤이 열세 살 때 친구 집에 자고 오기로 하고 갔는데, 한밤중에 친구 엄마의 애인이 술에 취해서 자기 허락 없이는 아무도 재울 수 없다고 애덤을 쫓아낸 일이 있었다. 애덤은 아버지한테 전화해서 "와 주실 수 있어요?"라고 겨우 말하고 그냥 길로 쫓겨났다.

빅 브라이언 손은 소매를 걷어붙이고 무시무시한 기세로 등장했다. 애덤이 아버지가 자기한테 화가 난 게 아니라는 걸 확실히 몰랐다면 겁에 질렸을 만큼 서슬 퍼런 기세였다. "널 때렸니?" 아버지가 물었다.

"아뇨, 그냥 집에 가고 싶어요."

"확실해?"

"네."

아버지는 평소에는 애덤이 울지 못하게 하는데 이때는 울도록 내버려 두고 말없이 차를 몰았다. 만약 그 술 취한 아저씨가 애덤에게 손이라도 댔다면 아빠가 반 죽을 만큼 패 놓았을 거라는 걸 애덤은 알 수 있었다. 보호 본능이 사랑이라면 아빠에게 그건 차고 넘치게 있었다.

하지만.

이 중대한 '하지만'이 있었다.

아버지의 설교, 엔조를 꺼리고 의심하는 것(사실 의심할 만한 충분한 이유가 있었지만), 부모님이 늘 애덤 이야기를 한다고 형이 말했던 것…….

아버지가 지금 무얼 묻는 걸까? 아버지가 하려는 말이 뭘까?

그럴 수 있다면. 서로에게 솔직해질 수 있다면. 애덤이 두려워할 필요가 없다면.

하지만 애덤은 두려웠다. 두려웠다.

그렇지 않은가?

빅 브라이언 손은 고압적이고 엄격하고 불같은 성격에, 게이든 뭐든 일반적이지 않은 것은 좋아하지 않았다. 하지만 아들을, 결함이 있는 아들이라고 해도 사랑하는 것만은 분명했다. 상황에 따라 달라지는 사랑이라면 사랑이 아니라는 생각이 들었지만 그래도 일종의 사랑이긴 할 것이다. 맹렬하고 난폭하고 혼란스러운 사랑. 애덤이 지금까지(적어도 오늘 아침 이전까지) 형이 늘 부모님과 같이 나누던 것을 보고 질투심을 느끼지 않았다면 거짓말일 것이다.

애덤은 자기도 모르는 새에 말을 시작했다. "오늘 아르바이트 하는 데서 무슨 일이 있었어요."

고대로부터 내려온 이 세계와의 약속이 있다. 이곳에 최초로 살았던 사람들, 파우누스와 여왕에게 꿈과 기도를 통해 형상을 부여한 사람들의 기억보다도 더 오래된 약속이다. 사람들이 부여한 형상은 시간이 흐르며 큰 폭으로 바뀌었기 때문에 파우누스는 호수 밖으로 나오기 전까지 자기가 어떤 모습을 하게 될지 몰랐다. 아무튼, 양쪽 모두 변했지만, 과거에 서로 전쟁을 멈추자고 약속한 것만은 사실이다.

예를 들어 파우누스는 수천 년 동안 인간들을 잡아먹지 않았다. 그래서 사람들도 파우누스의 사냥 충동에 대해서는 잊었다.

여왕이 죽으면 모든 게 소용없어질 것이다. 여왕은 두 세계 사이의 이맛돌이다. 여왕이 죽으면 그 약속을 시작으로 모든 게 무너져 내린다. 이 우주 전체까지.

파우누스는 여왕이 전력으로 공격하기 전에 여왕의 앞길을 막으려는 사람들을 끌어낸다. 여왕을 붙잡으려다가 목이 잘린 남자의 목을 다시 붙여 놓는다. 파우누스가 남자를 놓고 일어서자 남자가 다시 숨을 쉬기 시작한다. 지금으로서는 이게 할 수 있는 최선이다.

여왕이 이제 파우누스 목소리를 들을 수 있는 것 같지만 여왕은 대답하지 않는다.

"여왕님." 파우누스가 의식을 잃은 교도관의 잘린 팔을 다시 붙이고 머리에서 기억과 고통을 지우며 말한다. "빨리 안전한 곳으로 가셔야 합니다. 호수로 가야 합니다."

그러나 여왕은 후회 없이, 가차 없이 나아간다. 세상이 시작되기 전, 세상을 만들어야 했을 때, 여왕이 모든 것을 집어삼키려는 어둠을 물리쳐야 했던 그때 이래로는 보지 못한 모습이다.

세상이 다시 위험에 처했다. 이번에도 여왕이 이길 수 있을까. 파우누스는 만약 여왕이 실패한다면, 세상이 산산조각이 나기 전에 누군가를 잡아먹을 시간이 있을까 생각한다.

그녀가 찾는 남자는 건물 깊은 곳에 있다. 존재가 느껴진다.

그를 어떻게 할 것인가? 확실하지가 않다. 여왕을 붙들고 있는 정령이 혼란스러워하는 게 느껴진다. 그러나 충동은 흔들리지 않는다. 충동은 순수하다. 충동은 물살이고 존재는 그 물살에 휩쓸려 갈 뿐이다.

또 다른 철문을 부순다. 그 너머에는 복도가 있고, 양옆으로 창살이 있는 방이 있다. 창살이 촘촘해서 그 안에 있는 사람들은 그녀를 비스듬히 볼 수밖에 없지만 그 안에서 엄청난 호기심과 조롱하고 싶은 충동, 터져 나오는 목소리가 느껴진다.

그러나 그녀가 들어가자 오직 침묵뿐이다. 남자들이(모두 남자들이다) 숨을 멈춘 것처럼 꿈쩍 않고 쳐다본다. 제아무리 장엄하고 제아무리 강력한 것이 나타나도 움찔하지도 않을 사람들이다. 세상에 무서울 것이 없고 하느님이 식탁에서 일어나라고 해도 한 입 더 입에 넣고 천천히 일어날 사람들.

그러나 불경하지는 않다. 왼쪽과 오른쪽 첫 번째 칸에 있는 남자들이 그녀를 흔들림 없이 똑바로 쳐다본다. 그녀는 이 인간들 중 일부를 움직이는 불꽃을 본다. 너무 많이 먹게 하는 충동, 몸을 망칠 정도로 쑤셔 넣게 만드는 터져 나올 듯한 탐욕. 그리고 부당함이 있다. 이들처럼 부당한 사람들은 없다. 또 깊은 곳에 사악함이 있다. 바닥 모를 우물로 내려가게 하는 사악함.

"나를 심판하시오." 오른쪽 남자가 말한다.

"나를 심판하시오." 왼쪽 남자도 말한다.

"여왕님." 뒤쪽에서 부르는 소리가 들리지만 여왕은 손을 들어 막는다.

"그럴 것이다. 너희를 심판할 것이다." 여왕이 말한다.

"너한테 어떻게 했다고?" 빅 브라이언 손이 물었다.

"대놓고 말한 건 아니에요." 애덤이 말했다. "어쨌든 그 얘기였어요."

"확실해?"

"네."

"정말 확실해?"

"아니, 제가 말했다시피 대놓고 말한 건 아닌데요―"

"너한테 성적으로 접근했다고?"

"그렇게 느꼈어요."

아버지는 주먹을 잠시 쥐락펴락하면서 콧김을 씩씩거리며 숨을 쉬었다. "당장 그놈을 죽이고 싶은 심정을 하느님께서 용서해 주시길."

"저도 그런 생각 했어요."

"확실한 거야?"

"몇 번을 더 말해야 돼요?" 욕조에 물이 가득 찼다. 애덤은 수도꼭지를 잠그고 히터 스위치를 올렸다.

"잘못 해석했을 가능성은 없고?"

"그 사람은 그런 거라고 하더라고요."

"정말 그랬을 수도 있지―"

"바지 앞쪽이 발기된 걸 봤다고요!"

빅 브라이언 손이 얼굴을 일그러뜨렸다. 그 말에는 손 목사가 감당하기 힘든 내용이 너무 많았다. 아들이 "발기"라고 말하는 걸 듣는 것도 그중 한 가지였다.

애덤은 자기 목소리가 떨리는 것에 화가 났지만 어쨌든 계속 말했다. "제 몸에 손을 댔어요. 허벅지 위에 손을 올렸어요. 약간 지나치게 세게 눌렀어요."

아버지가 고개를 들었다. "세건 아니건 안 되는 일이야."

"뭔가…… 어디까지 여지가 있나 테스트해 보는 것 같았어요. 어디까지 해도 되는지 보려는 것처럼."

"꽤 여지를 많이 준 것 같구나."

애덤의 속이 차갑게 식었다. "손댄 사람이 잘못이에요."

"그래." 아버지가 얼른 대답했다. "그렇고말고. 그자가 권력을 쥔 사람이니까. 위력 남용이야."

욕조 준비가 끝났다. 저기 앉아 있는 덩치 큰 목사가 내일 오전 세례식 때 흰 셔츠를 입은 신자를 물속에 넣어 영혼을 정화할 수 있도록 준비를 마쳤다. 무슨 말을 해야 할지 몰라 괴로워하는 게 아들의 눈에도 빤히 보이는 덩치 큰 남자.

애덤은 최근에 자주 느끼지 못한 아버지에 대한 애정이 솟는 걸 느꼈다. 아버지의 덩치(수비형 라인맨이었던 거구에 덧붙은 거대한 배), 진지해 보이는 턱수염, 마티만 물려받은 파랗고 파란 눈. 야망이 크지만 늘 그것에 가닿지 못하고 무릎을 꿇는 사람. 마티의 소식이 가한 타격에다가 이제 골칫덩이 둘째 아들마저 남자가 섹스를 요구한다는 불편한 그림을 더한 것이다. 그것도 직장 상사인 웨이드가 섹스를 요구한다는 것.

어쩌면 아버지는 어떻게 하면 아들을 잘 사랑할 수 있을지를 몰라 혼란에 빠진 남자일지도 모른다.

"아빠—"

"네가 유도한 게 아니라고 확신하는 거니?"

그 순간 시큰해졌던 마음이 싹 가셨다. "뭐라고요?"

아버지는 멍하게 코를 문지르더니 주사위는 던져졌다고 생각했는지 말을 이었다. "애덤, 우리도 알아. 엄마도 나도 알아."

애덤은 쿵쾅거리는 가슴을 억누르며 말했다. "뭘요?"

"모른 척하지 마라. 네 랩톱에 포르노 있는 거 봤어. '그런' 종류의 포르노."

애덤은 뭐라고 답해야 할지 몰랐고, 죄책감을 시인하느니 사생활 침해를 따지기로 했다. "제 랩톱을 보셨다고요?"

"그리고 네가 그…… 멕시코 애한테 빠진 것도 알았어—"

"스페인이에요."

222

"그건 지나갔다고 생각했는데 너희 엄마가 얼마 전에 랩톱에서 사진을 본 거야—"

"엄마가 봤다고요?"

"네가 너무 잘 지내는 것 같아서. 그러니까…… 앤젤러하고 가깝게 지내길래……."

"그래서요?"

아버지가 애덤의 눈을 똑바로 보며 말했다. "우리가 너를 위해서 기도 얼마나 많이 하는지 아니? 너를 치유해 달라고?"

"전 치유 필요 없어요."

"누구나 치유가 필요해."

"그런 종류의 치유는 필요 없다고요. 아니 아빠, 지금이 몇 년도인지 아세요?"

"시대가 잘못되었는데 시대에 발맞춰 갈 필요가 없지—"

"대체 이 이야기를 왜 하시는 건데요? 제가 웨이드를 꼬드겼다고요?"

빅 브라이언 손은 이제 확연히 불편한 기색이었다. "십 대 남자애들 호르몬이 넘친다는 거 안다. 누구나 겪는 일이니까. 마티를 봐라."

"마티는 십 대 아니에요."

"내 말은, 그러니까, 만약에 네가 그 매니저라는 사람한테 관심이 있어서—"

"웨이드요?!"

"그래서 그 사람이 너한테 여지가 있다고 생각하게 만들었을 수도 있고."

애덤은 눈을 끔벅이며 아버지를 보고 있었다. 말을 잇지 못하고 그저 눈만 끔벅였다. 지금 둘은 여러 면에서 전에 가 보지 못한 영역에 가 있었다. 놀랍게도 웬디스에서 있었던 그 일 이래로 부모님 중 누가 애덤에게 그 문제를 직접적으로 꺼낸 것은 지금이 처음이었다. 마티 형과는 늘 그 문제로 이야기를 한다고는 하지만. 그리고 부모님이 랩톱에서 뭔가를 찾아내고도(애덤은 전문 포르노 배우보다 평범해 보이는 남자들을 더 좋아하기 때문에 별로 충격적인 사진들도 아니었다) 그 일에 대해서 한마디도 하지 않았다는 건데—

도대체 애덤을 얼마나 무섭게 생각하길래?

"여지가 있다고 생각하게 만들었다고요?" 애덤은 안에서 분노가 들끓는 걸 느꼈다. "씨발 그게 대체 무슨 말이에요?"

아버지가 성난 눈으로 쏘아보았다. "하느님의 성전 안에서 그런 말은 쓰지 마라."

"아들한테 매니저가 성희롱을 하도록 유도했다고 덮어씌우는 건 괜찮고요?"

"내 말은 어쩌면 무의식적으로 그랬을 수도—"

"저 열일곱 살이에요. 웨이드는 역겨운 수염을 기른 역겨운 사람이고 어찌나 구역질 나게 생겼는지 가까이 다가오기만 해도 손을 씻고 싶어진다고요."

"네 허벅지에 손을 올려놓게 했다며."

애덤은 따귀를 맞은 기분이었다. 애덤을 자책하게 만들었던 일이 아버지의 입을 통해 직격탄으로 날아왔다.

"그러니까 나는 그래도 싸다는 말이네요." 애덤은 바싹 마른 입으로 말했다. "아버지 말씀은 그런 거죠."

이 말에 빅 브라이언 손은 어깨를 으쓱하고 말았다. 그러나 아버지의 눈에는 공포가 어려 있었다. 애덤의 눈에도 보였다. 애덤은 '무서운 존재'라는 말을 떠올렸다.

당신들이 원하는 게 그거라면.

"오늘 오후에 제가 어디에 있었는지 아세요? 아무 잘못도 없는 순진한 매니저가 내가 자기랑 자지 않으면 나를 해고하겠다고 말하게 유도한 다음에요?"

"애덤—"

"남자 친구 침대에서 위로를 받았어요."

이번에는 빅 브라이언 손이 따귀 맞은 기분을 느낄 차례였다. 하지만 손 목사는 놀라지는 않았다. 전혀 놀라지 않았다.

"애덤, 그 얘기는 듣고 싶지 않다."

"아, 그래요, 하지만 저도 오늘 듣고 싶지 않은 얘기 많이 들었으니까, 어쨌든 얘기하겠어요."

"아니, 하지 마. 그리고 오늘 밤 외출 금지야."

"엔조 송별 파티 가지 말라고요? 지난 2년 동안 제가 박았던 애 말예요?"

"애덤!"

"정확한 표현은 아니겠네요—"

"나한테 이런 식으로 말하지 마라! 여기에서—"

"그래도 상관없어요. 저는 바텀을 좋아하니까. 오늘 라이너스하고도 그렇게 했어요."

"누구…… 뭐? 누구라고?"

"아버지가 설교로 비난했던 애 생각나요? 생각해 보면 놀랄일도 아닐 거예요. 워낙 작은 동네니까—"

"그…… 그 애를 만난다고?"

"만나는 정도가 아녜요. 섹스도 많이 해요."

"그만해라!"

애덤이 손목을 내밀었다. "제 몸에서 그 애 냄새가 날 거예요. 그래서 오후 내내 아버지 근처에 안 가려고 조심했던 거고요. 샤워할 시간이 없었어요."

아버지는 눈을 감고 소리 내어 기도를 하기 시작했다. "아 하느님, 제 아들을 구해 주소서. 잘못된 길에 빠진 아들을 바른길로 인도해 주소서—"

"두 번 했는데 두 번째는 첫 번째보다도 더 좋았어요. 지금까지 없었던 친밀감이 느껴지는 것 같아서—"

"우리 주 예수 그리스도의 이름으로 이 죄를 꾸짖노니—"

그러나 애덤은 꾸짖음을 당한 느낌이 아니었다. 강해진 느낌이었다. 자기 집을 불태우는 스릴마저 느꼈다. 그 순간에도 이런 감정은 곧 사라지고 말리라는 걸 이미 알았지만, 그래도 그때가 애덤이 위험한 존재가 될 순간이었고 애덤은 그렇게 되기로 했다.

"제 몸 안에 개가 들어왔다고요. 그러니까 한때 그러다 말 일이라고 생각하지 마세요."

"이곳에 깃든 악마를 쫓아 주시옵소서—"

"입으로도 많이 해요."

"맙소사, 세상에 제발—"

"걔 아랫도리에 털이 엄청 많아요. 얼굴은 깔끔하게 면도를 하고 다녀서 상상도 못 할 거예요—"

"애덤!" 아버지가 애덤 기억에 평생 한두 번 정도 썼을까 말까 한 목소리로 외쳤다. 애덤은 긴장했고 주먹이 날아오기를 기다렸다. 아버지는 두 팔을 들어 올린 상태로 벌떡 일어났고 뺨을 갈기려는 듯 두툼한 손을 치켜올렸으나—

주먹은 날아오지 않았다. 애덤은 그때 빅 브라이언 손이 그 손을 휘두르지 않으려고 얼마나 치열하게 싸웠을지 그 뒤로도 가끔 생각하지 않을 수 없었다.

"다시는 나한테 그런 식으로 말하지 마라." 아버지가 말했다.

"솔직하게 다 말하라고 하셨잖아요. 아버지가 받아들이지 못한다고 해도 제 잘못은 아니에요."

"당장 집으로 가. 앞으로 교회하고 우리가 정해 주는 기독교 학교 말고 다른 곳에는 못 간다."

"이제 졸업반인데 학교를 옮기라고요."

"그 문제에 대해 네 의견은 궁금하지 않다."

"저도 아버지 의견 궁금하지 않아요."

"애덤." 아버지의 목소리는 무시무시하게 준엄했다.

"전 앤젤러 만나러 갈 거예요. 앤젤러하고 같이 파티에 갈 거고요. 남자 친구도 계속 만날 거예요."

"그럴 수 없어."

그리고 그때 애덤은 나중에는 자기가 그랬다는 걸 기억도 못할 행동을 했다. 애덤은 위협적으로 아버지 앞으로 한 걸음 다가갔다. 분노로 인해 솟구친 용기가, 다음 순간에는 곧 사라지고 말 용기가 애덤을 움직였다.

아버지는 놀라서 한 걸음 물러섰다.

"제가 왜 그러겠다고 하는지 아세요? 걔들이 제 가족이니까요. 걔들은 절 사랑해요. 내가 힘들 때 찾아가는 사람이 걔들이에요. 그게 아버지가 아닌 지 오래됐어요. 그게 누구 탓인지 생각해 보신 적 있어요?"

"난 네 아버지다—"

"조건이 붙은 아버지죠. 저는 어떤 사람이 되어야만 아버지 아들이 될 수 있죠."

"기도를 통해서 뭐든지 이룰 수 있어—"

"모르겠어요. 아버지가 마음을 돌리게 해 달라고 수년 동안 기도했어요. 아무 일도 안 일어나던데요."

"애덤—"

"가겠어요."

"안 돼."

애덤은 아버지가 자기를 막아 세울 것인지 보려고 잠시 기다렸다. 몸으로 막으면 대책이 없었다. 키는 애덤이 더 컸지만 아버지는 애덤보다 45킬로그램은 더 나갔다.

그러나 아버지는 움직이지 않았다.

"절 사랑하긴 하세요?" 애덤이 물었다.

"내 목숨보다 사랑한다." 아버지가 바로 대답했다.

"하지만 그 사랑을 위해 애쓰고 싶지는 않으시죠. 사랑하려고 노력하고 싶지 않으시잖아요."

"내가 널 사랑하려고 얼마나 노력하는지 너는 모를 거다."

손으로는 맞지 않았지만 애덤은 결국 이 말에 얻어맞았다. 빅 브라이언 손도 그 말이 애덤에게 얼마나 큰 타격일지 깨달았는지, 애덤이 나가는 데도 막지 않았다. 애덤은 '반석 위의 집'에서 나가, 차에 올라타, 앤젤러가 있는 곳으로 달려갔다.

자기 가족이 있는 곳으로.

그녀가 그들을 전부 죽이고, 그들은 달갑게 죽음을 맞는다. 그들은 여왕을 보았고, 여왕이 그들을 심판했고 그들의 모자란 점을 보았기 때문에 사형 선고를 내렸다. 그들은 확연한 안도감으로 죽음을 받아들인다.

한 명 한 명씩, 여왕이 지나가는 순간 감방 바닥에 쓰러진다. 파우누스는 얼른 따라가며 끊어진 목숨을 다시 이어 놓는다. 의식을 잃은 상태지만 그들은 꿈속에서도 자기를 되살린 파우누스를 저주할 것이다.

이게 여왕이 하는 일이다. 그래서 여왕은 이곳이 아니라 먼 곳에, 그녀의 진정한 실체를 모르는 인간들이 볼 수 없는 곳에 있어야 한다. 그래서 애초에 약속이 이루어진 것이다. 그러나 여왕이 이곳에서 벗어나도록 만들지 못한다면 모두 끝이 나고 말 것이다.

인간들이 죽는 것은 파우누스가 신경 쓸 바가 아니다. 끝이

닥쳤을 때 어차피 여왕의 손에 가장 먼저 죽는 것은 파우누스일 테니까. 하지만 파우누스에게는 그의 세상, 자기 목숨, 그리고 무엇보다도 여왕의 목숨이 소중하다. 할 수만 있다면 끝이 오지 못하게 막을 것이다.

그리하여 여왕이 복도를 따라 걸어가며 남자들을 한 명 한 명씩 죽일 때마다, 파우누스는 죽은 남자들의 폐에 한 명 한 명씩 숨을 불어넣는다.

여왕이 원하는 남자는 마지막 감방 안에 있다.

파우누스는 끝이 다가오고 있다는 걸 안다. 그 끝이 어떤 것일지 알고 싶다.

여왕이 그 남자의 감방에 다다른다. 몸을 돌려 그를 본다. 여왕과 소녀—케이티가 그를 돌아본다. 이제 두 사람이 너무 촘촘히 엮여 있어 누가 말을 하는 것인지 분명하지 않다.

"안녕 토니. 나의 살인자." 그들이 말한다.

호숫가의 모임

"아, 애덤." 앤젤러가 마지막 피자를 오븐으로 들어가는 컨베이어 벨트에 올리면서 말했다.

"응."

"세상에."

"그래."

"부모님이 여기로 오시지는 않을까? 내가 어디에서 일하는지 아실 거 아냐. 우리 피자집에서 너네 교회 청소년 모임 단체 주문도 받아."

애덤의 휴대폰에는 답하지 않은 문자가 차곡차곡 쌓였다. 대부분 '당장 집에 오라'는 내용을 여러 가지로 변주한 것이었다. 하지만 문자뿐이었다. 부모님 둘 다 전화를 걸지는 않았다. 그런데 뜻밖에도 마티가 전화를 했다. 마티가 계속 전화를 걸었다. 애덤이 받지 않자 결국 문자를 남겼다. '괜찮은 거야? 제발 형한테 연락 좀 해.'

"내가 돌아오기를 기다리고 있을 것 같아. 내가 내 발로 집에 가야 돌아온 탕아가 되지."

"그 이야기 정말 이상해. 착한 형은 착하게 살았는데 아무것도 못 얻잖아. 못된 동생은 재미 볼 거 다 보고 미안하다고 한마디 하면 끝이고."

"어쨌든 집에 돌아왔으니까. 영원히. 아무튼 그게 중요한 게 아냐." 애덤은 기름이 번들거리는 바닥에 시선을 고정하고 말했다. "네가 있는 데가 내 집이니까."

"야, 픽사 영화처럼 말하지 좀 마." 앤젤러는 퉁을 줬지만 오늘 아침에 그랬던 것처럼 애덤 옆에 와서 앉았다. 아직도 애덤은 몸을 덜덜 떨고 있었다. "난 왜 하필 오늘 너한테 외국으로 간다는 얘기를 했을까." 앤젤러가 말했다.

"아냐, 이왕 겪을 거 한 번에 겪는 게 나아."

"정말이야?"

"잘 모르겠어."

"송별 파티 갈 수 있겠어?"

"어차피 지금 집에는 못 갈 것 같아."

"우리 집에 가도 돼. 우리 엄마는 항상 네 편인 거 알지."

"너희 엄마가 나도 네덜란드에 보내 주실 수 있을까?"

"그럼 정말 좋겠다."

"불가능하지만."

둘은 컨베이어 벨트 위의 피자에서 치즈가 녹는 것을 구경

했다.

"그러면 이제 어떻게 하지?" 앤젤러가 심각하게 물었다. "언젠가는 집에 가야 할 거 아냐."

"그러게. 같이 가 줄래?"

"당연하지. 너희 부모님이 나 좋아하시니까. 내가 인간 방패가 돼 줄게."

"하지만 그다음에는⋯⋯ 모르겠다. 기독교 학교에 가게 될지도."

"섹스 할 기회가 폭증하겠군."

"부모님이 또 뭘 원할지 모르겠다."

"동성애 전환 치료 같은 건 설마 아니겠지."

"만약 그러면 아동 학대로 신고할 거야."

"상당히 날카로워졌는데."

"오늘 힘들었다고. 사실 그렇지 않아? 부모님이 당신들 모습 그대로 사는 것 나는 받아들이고 참을 수 있어. 대신 부모님도 내가 다른 사람이 되게 강요하지 말아야지."

"그렇고말고, 친구." 그러더니 조용하게 덧붙였다. "그럴 수만 있다면 정말 좋겠다."

애덤의 휴대폰이 다시 울려서 보니 마티가 또 문자를 보냈다. '집으로 와라. 제발.'

"적어도 이제 형이 터뜨린 폭탄은 잠시 잊으셨겠네." 애덤이 말했다.

237

"손 가족에게도 엄청난 날이구나." 앤젤러가 애덤의 등에 손을 얹었다. "정말 너 괜찮을까? 널 다치게 하지는 않겠지. 적어도 물리적으로는. 어떨 것 같아?"

"오늘 아버지가 날 때릴 것 같다는 생각이 들었어. 솔직히 때렸으면 하는 생각도 있었어. 그러면 누가 봐도 아버지가 나쁜 사람이 될 테니까."

"안 때렸어도 이미 그래."

"그게…… 아버지는 종교가 있고 아버지한테는 그게 중요하니까."

"종교가 자식보다 중요하다면 이미 나쁜 사람인 거야."

"그렇게 간단한 문제는 아닐 거야."

"왜 아니야." 앤젤러가 일어나 애덤을 마주 보며 말했다. "너희 부모님이잖아. 부모님이니까 '당연히' 널 사랑해야 하는 거야. '그럼에도 불구하고' 사랑한다가 아니라."

"너희 엄마처럼 말한다."

"우리 엄마는 현명하신 분이야." 앤젤러가 오븐으로 가서 마지막으로 완성된 피자 두 개를 상자에 넣었다. "너 정말 괜찮다면 나 옷 갈아입고 출발하자."

"괜찮아."

앤젤러가 애덤을 쳐다보았다. "다행이다."

"너 없이 난 어떻게 하지, 앤젤러?"

"잘 지내. 이건 예언이자 명령이야." 앤젤러는 웃음이 비쳐 나오는 걸 참지 못하고 이어 이렇게 말했다. "내가 돌아왔을 때 너한테 가르쳐 줄 수 있는 게 얼마나 많을지 생각해 봐."

"나의 살인자." 여왕이 다시 말한다.

파우누스가 여왕 뒤에 가서 선다. 남자는 감방 문에서 최대한 멀어져 구석 벽에 등을 붙이고 있다.

"케이티?" 남자가 말한다. "맙소사."

"한 가지 얼굴밖에는 보지 못하는가?" 여왕이 묻는다.

"어떻게 네가 여기 있어? 어떻게 그럴 수가?"

"조용히." 여왕이 말하자 남자는 입만 뻥긋거릴 뿐 더는 소리를 낼 수 없게 된다.

그러다가 다시 "말해" 하고 여왕이 말했는데, 목소리에 자기도 놀란 기색이 담겨 있다.

"이건……." 남자가 말한다. "이건 속임수야—"

"너를 심판하러 왔다." 여왕이 말한다.

그러더니 자기 말을 자기가 반박하는 듯 이렇게 말한다. "너와 이야기를 하러 왔어."

"널 죽이러 왔다." 여왕이 말한다.

"왜 그랬는지 알고 싶어서 왔어." 여왕이 말한다.

파우누스는 걱정스럽다. 지금까지보다 더 걱정이 커졌다. 두 목소리가 엎치락뒤치락하며 다른 것을 요구한다. 이미 세상의 경계가 무너지기 시작한 것일까?

"여왕님?" 파우누스가 다시 부른다.

그러나 여왕은 다시 손을 들어 파우누스를 막는다. "이 일을 마무리할 것이다." 여왕이 말한다.

"하지만 세계가."

"이 일을 마무리할 것이다."

여왕은 한 걸음 앞으로 나가 감방의 철창을 호숫가 갈대 줄기나 되는 것처럼 구부러뜨린다. 남자는 기겁하지만 자기 앞으로 다가오는 여왕을 피해 도망갈 곳이 없다.

애덤은 에머리에게 피자 서른여섯 판 값을 치렀다. 앤젤러 덕에 직원 할인을 받았어도 거의 3백 달러가 들었다.

앤젤러가 나눠서 내자고 했지만 애덤이 거절하자 앤젤러는 이렇게 말했다. "너 그런 돈 없잖아."

"받을 거야." 애덤이 피자 묶음을 차로 실어 나르며 말했다. "엔조 부모님이 내 주시겠지."

"확실한 것도 아니잖아."

"낙관적으로 생각하려고."

"오늘 일어난 그 많은 일에도 불구하고?"

"그랬으니까. 이 이상 더 나빠질 수 있겠어?"

"아, 그래야지." 앤젤러가 말하며 호들갑을 떨면서 부정 타지 않게 피자집 사무실 안에서 두들길 만한 진짜 나무를 찾았다(영어권에는 좋은 일이 있기를 바란다고 말한 다음에는 부정 타지 않게 나무를 두들기는 관습이 있다-옮긴이). 애덤은 피자를 차로 날랐다. 애덤

차가 더 커서 애덤의 차로 이동하기로 했다. 피자를 싣는데 휴대폰이 다시 울렸다.

또 마티였다.

"제발." 애덤이 심호흡을 했다. "여보세요?"

"아, 하느님 감사합니다."

"그냥 '여보세요'라고만 해도 돼."

"걱정돼서 죽는 줄 알았어."

"뭐 때문에?"

"네가 무슨 일이라도 저지를까 봐."

"정말 우리 가족이, 내가 차라리 자살을 택할 만큼 나한테 중요하다고 생각하는 거야?" 앤젤러가 피자 박스를 거의 눈앞을 가릴 정도로 높이 쌓아서 들고나왔다. 애덤은 한 손으로 앤젤러가 피자를 차에 싣는 걸 거들었다.

"애덤—"

"원하는 게 뭐야?"

"뭘 원하시는지 알잖아. 네가 집에 오기를 원하지."

"아니, 부모님 말고. 형. 형이 원하는 게 뭐냐고."

마티는 처음에는 대답이 없었다. 애덤이 전화를 끊으려는데 마티가 입을 열었다. "안전한 느낌."

"뭐라고?" 애덤이 너무 놀란 말투로 말해서 앤젤러가 애덤의 얼굴을 쳐다보았다.

"모든 게……." 마티가 말했다. "무너져 내리는 것 같아. 그렇지 않아?"

"대체 무슨 소리를 하는 거야?"

앤젤러가 작은 소리로 물었다. "무슨 일 있어?"

"형이 정신이 나간 것 같아." 애덤이 소리를 죽여 말했다.

"흠, 그게 그렇게 놀랄 일이야?" 앤젤러가 말했다.

"듣고 있어?" 마티가 물었다.

"응. 무너져 내린다니 대체 무슨 소리야?"

"어, 아버지는 울고 엄마는 화를 내고ㅡ"

"둘 다 나한테는 전혀 놀랍지 않은데."

"게다가 두 분이 목회를 그만둔다는 얘기를 하고 있어."

이 말에 애덤은 움찔했다. 하지만 곧 다시 대꾸할 말을 찾았다. "그냥 하시는 말이야."

"알아ㅡ"

"우리를 조종하려는 거야."

"알아, 애덤. 내가 너보다 부모님하고 더 오래 살았어. 내가 하려는 말은, 부모님이 정말 심란해하신다는 거야."

"심란해하는 것하고 세상이 무너져 내리는 건 좀 다른데."

"아빠 얼굴을 봤어야 돼."

애덤이 깊이 숨을 들이마셨다. "응. 봤어. 매니저가 내 몸에 손댄 게 내 잘못이라고 아버지가 말할 때 봤어. 나한테 악마가 깃들었다면서 악마를 쫓아내려고 할 때 봤어. 내가 아버지 아들이 되려면 어떤 조건을 충족해야 하는지 말할 때 봤어ㅡ"

"아빠가 그렇게 말하셨을 리가ㅡ"

"형이 아빠한테 펠리스 얘기 했을 때는 그런 얘기 안 하셨어?"

마티는 말이 없었다.

"형, 아빠가 나를 사랑하려고 정말 노력한다 그랬다고." 애덤이 다시 한번 숨을 들이마셨다. "그 말만은 맞는 말이라고 할 수밖에 없겠네."

"좆까라고 해." 앤젤러가 큰 소리로 말했다.

"앤젤러 옆에 있어?" 마티가 물었다.

"형, 나 지금 가야 돼. 형이 안전한 느낌을 갖게 하는 게 내 책임은 아냐. 내 책임이었을 수도 있겠지, 누구 하나라도 나한테 신경이나 썼다면ㅡ"

"내가 너한테 신경을 쓰니까 그런 거야ㅡ"

"형 관점에서 그렇겠지. 나하곤 상관없이."

"하느님의 관점 말고 다른 관점은 없어."

"끊는다ㅡ"

"애덤!" 마티가 하도 크게 불러서 애덤은 흠칫해서 전화를 다시 귀에 갖다 대고 숨을 내쉬며 형이 뭐라고 하는지 들었다. 이윽고 형이 한 말은 이런 것이었다. "나는 널 사랑해, 동생아."

애덤의 목이 조여들었고 그랬다는 사실에 또 화가 나기도 했다. "그래?"

"조건 없이."

"그 말을 믿을 수 있으면 좋겠다."

"부모님은 다르다는 거 나도 알아."

"뭐라고?"

"부모님은 그러지 않는다고. 내 눈으로 봤으니까. 부모님이 나는 쉽게 용서해 주시지만 너한테는 그러지 않는다는 걸 내가 어떻게 모르겠니? 오늘 같은 일이 있었는데."

"왜 형이나 나나 용서받아야 할 일들이 이렇게 많은 거야?"

"내 생각에…… 부모님 행동은 기독교적이지 않아. 지금 모습은." 전화기 너머에서 자동차가 지나가는 소리가 들렸다. 형이 전화를 하려고 집 밖으로 나온 모양이었다. 부모님이 없는 곳에서 전화를 하려고. "안전한 느낌이 아니라고 한 거 그런 뜻이 아니었어. 내가 펠리스와 아기 이야기를 꺼냈을 때는 소리를 지르셨지만…… 네 이야기를 듣고는 나한테 두 팔을 벌리시더라. 내가 당신들하고 같은 편에 있어야 한다고 생각하시는가 봐. 같이 너한테 맞서야 한다고."

"형—"

"나는 이 길에 헌신하기로 했어. 나는 완벽하지 않지만, 완벽과는 거리가 멀지만, 사랑은 완벽할 수 있다는 것 알아. 난 그냥…… 나도 부모님하고 다를 바 없었다는 사실을 이제 알았다는 걸 말하고 싶었어. 너무 오랫동안 그랬지. 너한테 조건을 달았어. 널 불쌍하게 생각했지."

"알아. 정말 즐거웠지."

"미안해, 애덤. 아무리 미안하다고 해도 모자라다. 하지만 내가 내 동생을 사랑할 수 없다면 안전한 세상이 아닌 거잖아. 내가 살 수 있는 세상이 아냐. 그래서 난 널 사랑하는 거야. 엄마 아빠하고 사이에서 내가 뭐라도 할 수 있는 일이 있으면…… 도울게."

애덤은 다시 말이 없었다.

"듣고 있어?"

"응."

"지금은 집에 안 오는 게 좋을 것 같아. 내가 부모님하고 얘기해 볼게. 예정대로 파티에 가."

"모임이야."

"내가 할 수 있는 일이 있는지 볼게. 뭐라도."

"내가 부탁한 건 아니야."

"부탁할 필요도 없어. 형이라면 당연히 할 일이야. 내가 널 보호해야지. 할 수 있는 데까지는."

"난 달라지지 않을 거야. 그럴 수가 없어."

"오늘 이후로 너한테 달라지라고 안 할게. 엄마가 밖으로 나온다. 지금은 통화하고 싶지 않지?"

애덤은 전화 너머에서 "애덤이야?" 하고 묻는 엄마 목소리를 들었다.

"응, 싫어." 애덤이 말했다.

"가 봐. 그리고 내가 널 사랑한다는 거 잊지 마. 앞으로는 그 말이 부끄럽지 않게 할게."

마티가 전화를 끊었다. 애덤은 마치 외계에서 온 전화를 끊은 것처럼 멍하게 전화기를 보고 있었다.

"무슨 일이야?" 앤젤러가 물었다.

"나도 모르겠어."

"집에 갈 거야?"

"아니. 아직은."

"네 가족은 네가 선택하는 거야, 알지." 이건 앤젤러가 툭하면 하는 말이었다. 마치 주문처럼 외웠다. 앤젤러 본인이 애덤이 지금까지 본 가족 중 최고의 가족에 속해 있으니 더욱 그럴듯하게 들렸다. "나는 오래전에 널 가족으로 택했어. 네 가족은 여기 있어."

"알아. 그런데 가족이 하나 더 는 것 같기도 하네." 애덤이 말했다.

"어떻게 네가 여기 있어?" 남자가 묻는다. 남자는 오줌을 지려 냄새를 풍기며 여왕에게서 최대한 멀어지려고 감방 구석에 몸을 웅크린다. "이건 악몽이야. 교도관들이 장난치는 거야─"

"다시 입 다물게 만들겠어."

남자는 스스로 입을 다물었지만 훌쩍이는 울음소리는 멈추지 않는다.

"나는……." 여왕이 입을 열었다가, 말을 멈춘다. 파우누스는 기다린다. 충분히 기다렸다 싶을 때 앞으로 가서 여왕의 얼굴을 본다. 그때 여왕의 얼굴에서 혼란을 보고 느낀 충격을, 파우누스는 영원이 될지 순간이 될지 모를 앞으로의 시간 동안 잊을 수 없을 것이다.

"여왕님?" 파우누스가 부른다.

"나는……." 여왕이 다시 입을 연다. 그러더니 남자의 얼굴을 보고 묻는다. "내가 여기에 왜 왔지, 토니?"

"날 죽이러 왔어." 남자가 말한다.

여왕의 눈이 남자에게 초점을 맞추고 더 또렷해진다. "그래. 그래서 왔어." 여왕이 말한다.

"나는 널 죽이러 왔어." 여왕은 자기가 말하는 소리를 듣는다. 그 말에는 확신이, 봄꽃으로 만든 음료처럼 입안을 시큼한 맛으로 자극하는 순수한 목적이 담겨 있다. 이 남자를 죽일 것이다. 이 남자가 그녀에게 한 일에 대해 대가를 치르게 할 것이다. 목 둘레의 멍, 폐 속의 개흙, 또―

"토니?" 다시 입을 열자 명료한 확신은 사라진다.

방구석에 웅크린 남자가 눈앞에 있다. (그리고 이 방 안에 또 다른 남자가 있다. 실제 사람이라고 하기에는 너무 큰 이 남자는 똑바로 보지 않고 곁눈으로 볼 때만 보인다.) 그러나 눈앞에 이 사람이 있다.

토니다.

"네가 날 죽였어." 그녀가 말하자, 그가 마침내 눈을 들어 마주 본다.

"날 지옥으로 끌고 가려고 왔구나." 그가 말한다.

"네가 날 죽였어." 그녀가 다시 말한다.

"죽일 생각이 아니었―"

"죽일 생각이었어."

"그 순간에만. 그 1초 동안만 그랬던 거야." 그가 말한다.

"1초만으로 충분하지."

"너무 그리웠어."

여왕은 분노가 화르륵 치솟는 것을 느낀다. 방 오른쪽 조그만 침상에 불이 붙는다. 토니는 비명을 지르며 더욱 움츠러든다.

"너한테는 나를 그리워할 자격이 없어." 여왕은 이렇게 말하며 다시 자기 안의 힘을 느낀다.

하지만—

다시 분노를 가라앉힌다. 여전히 토니에게서 눈을 떼지 않은 채로. 눈에 보이지 않는 커다란 남자가 불타는 매트리스를 감방 밖으로 꺼내 불을 끈다.

"너한테는 자격이 없어."

"그래, 없어."

"그래, 없어."

"그럼 나한테 뭘 원하는 거야?"

그 말에 그녀는 생각에 잠긴다. 그리고 자기가 알고 있다는 것을 깨닫는다.

애덤은 피자 가게 주차장에서 나와 모임이 있을 호수를 향해 갔다. 해는 지평선 위에 떠 있지만 이제 서서히 기울어 만을 지나, 반도를 지나, 저 너머 대양 속으로 사라질 것이다.

"이 장미는 누구 줄 거야?" 앤젤러가 차 바닥에 떨어진 꽃을 주우며 물었다.

"오늘 아침에 샀어." 애덤이 말했다. "그냥 그러고 싶었어. 그래야 할 것 같더라." 애덤은 앤젤러를 보며 생각에 잠겨 말했다. "그거 알아? 처음에는 엔조한테 작별 인사로 줄까 싶기도 했고, 나중에는 라이너스한테 줄 건가 보다 했는데, 네 것이 확실하다. 오늘을 위해서. 네가 떠나게 된 날이니까."

앤젤러는 얼굴이 무너질 듯했고 아랫입술을 살짝 떨었지만 곧 이렇게 말했다. "내가 꽃 따위에 감동할 기집애로 보여?" 앤젤러는 꽃을 뒷좌석 위에 올려놓았고 애덤은 웃음을 터뜨렸다. "하지만 넌 그런 기집애지." 앤젤러가 말했다.

"'기집애'란 말을 욕처럼 쓰면 안 돼."

"패러디하는 거야."

"그렇구나."

둘은 잠시 말없이 갔다. 그때 앤젤러가 말했다. "넌 사라지지 않을 거지?"

"뭐?"

"내가 로테르담에 있는 동안에 말야. 연락하자고 해 놓고도 다른 친구 사귀고 하다 보면 점점 멀어지고 그러잖아—"

"수요일하고 토요일마다 페이스타임 할게."

앤젤러가 엄숙하게 고개를 끄덕였다. "너희 부모님이 네가 인터넷으로 넓은 세상에 접속하는 걸 허락하신다면 말이지."

"안 되면 너희 집에 가서 너희 엄마한테 부탁할게."

앤젤러가 다시 고개를 끄덕였다.

"우린 멀어지지 않을 거야."

"그다음은 대학이니까. 로테르담 아니라도 결국 뜸해졌을 수도 있지."

"그건 나중에. 나중 일이니까. 일단 눈앞의 일부터 헤쳐 나가자."

"아주 성숙한 태도네요, 손 선생."

"저라도 그래야 하지 않겠습니까, 달링턴 선생." 애덤은 사이렌 소리를 듣고 뒷거울을 흘긋 봤다. 애덤은 차를 옆으로 빼고 쌩 달려가는 경찰차 일곱 대를 먼저 보냈다. 시속 백 마일은 되는 것 같았다. "와, 대체 무슨 일이래?"

경찰차는 주 교차로에서 방향을 돌려 호수 쪽이 아니라 교도소 쪽으로 갔다. 그러니 대체 무슨 일인지 결국 모를 수도 있겠다 싶었다. 캐서린 반 루엔이 죽은 일만으로도 프롬은 이미 평소답지 않게 시끌시끌했다.

애덤은 경찰차가 간 쪽과 반대쪽으로 차를 몰아 아침 러닝 때 달렸던 호숫가 길 쪽으로 갔다. 엔조 부모님이 송별 파티를 위해 빌린 통나무집이 목적지였다.

"벌써 속이 쓰려 오는 것 같아." 애덤이 말했다.

앤젤러가 한숨을 쉬었다. "엔조가 애틀랜타로 가는 게 난 정말 반갑다."

"기분이 그런 건 어쩔 수가 없어. 마음이 내 마음대로 되지는 않잖아."

"다들 그렇게 말하지만 난 그게 정말 맞는 말인가 싶다. 정말 노력했냐고."

"널 보고 싶은 것도 내 맘대로 안 될 거야."

"그건 전혀 다른 케이스지. 나는 초자연적 존재니까."

애덤은 통나무집 근처로 갔다. 먼저 온 사람들이 있었다. 주차된 차만 대여섯 대는 되는 것 같았다. 그중에―

"저기 라이너스 있다." 앤젤러가 고갯짓을 했다. 라이너스는 맥주잔을 들고 애덤이 차를 세우는 걸 보고 있었다. 주차를 하고 애덤과 앤젤러가 차에서 내려 라이너스 쪽으로 가려고 했다.

그때 어떤 목소리가 들렸다. "피자가 왔다!" 돌아보니 엔조가 웃으며 다가오고 있었고 애덤의 가슴은 무너져 내렸다.

그들은 건물 안에, 창문은 하나도 없는 감방 안에 있었지만, 파우누스는 해가 질 때가 얼마나 가까워졌는지 느낀다. 시간이 없다. 해가 지면 모든 시간이 끝날 것이다. 오늘 아침부터, 호수 밖으로 나가는 여왕을 따라 나왔을 때부터 알았지만, 지금에야, 이렇게 가까워진 다음에야 파우누스는 진정한 공포를 느낀다.

그들은 실패하고 말 것이다.

그녀는 남자에게 다가가 남자를 위아래로 훑어본다. 손을 뻗어 남자를 만지려 하지만, 남자는 손에 닿지 않게 얼른 몸을 피하다 금속 재질의 벽에 머리를 쾅 박는다. 그녀는 남자의 피부 아래 멍이 번지는 걸 느낀다. 뇌에 생긴 작은 멍. 그녀는 아무 생각 없이 손가락을 움직여 상처를 낫게 한다.

"내가 죽은 거야?" 남자가 묻는다.

"그렇게 쉽겐 안 될걸." 말투를 듣고 파우누스는 여왕이 아니라 소녀의 정령이 장악한 상태라는 걸 안다. 파우누스의 말을 들을 수 없는 존재. 위험에 대해서는 전혀 모르는 존재.

그녀는 남자의 몸에서 가장 가까운 부분, 팔꿈치를 건드린다. 순식간에 불이 솟아 살이 타는 냄새가 난다. 오래된 충동, 금지된 충동이 깨어난다. 파우누스는 허기를 느낀다.

남자는 비명을 지르며 바닥에 쓰러진다. 여왕이 그 위에 선다. 파우누스는 여왕이 망설이는 걸 느낀다.

"왜 이렇게 두려워하는 거지?" 그녀가 혼란스러워하며 묻는다. 이 사람은 토니인데. 그녀의 남자 친구였던 토니. 그녀를 죽인 토니. 당연히 두려워할 만하지만, 이렇게까지 겁을 먹고 비굴하게 굴 줄은…….

"날 죽이러 왔구나." 토니가 울었다.

"너는 네가 이미 죽었다고 생각하는데 어떻게 내가 널 죽이지? 너는 원래 그렇게 어리석은 존재였나?"

"응." 토니가 곧바로 대답한다.

그때. 말의 힘. 단 한마디 말의 힘. 그것으로 모든 게 바뀐다.

"안녕, 애덤." 엔조가 애덤을 끌어안으며 말했다. 그 순간, 한순간 애덤은 다시 엔조를 품에 안았고, 엔조의 머리카락 냄새를 들이마셨다. 애덤의 가는 금발 머리와 정반대로 짙고 굵고 구불구불한 머리카락.

엔조가 몸을 뗀다. 아마 이게 마지막이겠지. 애덤은 그 사실을 '대체로' 받아들였다고 생각했는데 알고 보니 '전혀 아닌' 쪽에 가까웠다.

"와 줘서 고마워." 엔조가 말했다. "안녕, 앤젤러."

"흥." 앤젤러가 피자 상자를 꺼내며 말했다.

엔조는 씩 웃으며 말했다. "앤젤러하고 잘 지내 보려고 하기엔 이미 너무 늦었지." 엔조가 애덤의 눈을 똑바로 보며 말했다. "어쨌든 네가 와 줘서 반갑다."

"어, 그래." 애덤은 대답하면서 머릿속으로는 사랑해, 사랑해, 사랑해 하고—

그때 이런 생각이 불쑥 솟았다. 엔조가 그러길 바라기 때문에 그렇게 생각하는 건가?

갑자기 왜 이런 생각이 든 걸까?

"좋아 보이네." 엔조가 말했다. "여름 내내 못 본 것 같아."

"그랬어."

엔조는 놀란 얼굴이었다. "정말?"

"볼 일이 없었지 뭐."

엔조가 얼굴을 찌푸렸다. "난 그냥 네가 라이너스랑 어울리겠거니 생각했어."

"그런다고 너랑 못 만날 일은 없지."

엔조는 애덤의 말이 무슨 뜻인지 가늠하려는 듯 빤히 보았다. 애덤이라고 무슨 뜻인지 말해 줄 수 있는 건 아니었다. 애덤 자신도 몰랐으니까. 그러나 여기 엔조가 있었다. 너무나 가까웠던 사람의 얼굴이 눈앞에 있었다. 속속들이 잘 아는, 감촉과 냄새와 맛까지 익숙했던 몸이 눈앞에 있었다. 너무나 많은 가슴 뛰는 가능성을 암시했지만 직접 말하지는 않던 입이 있었다. 애덤의 가슴을 찢어 놓았던 그 입이 있었다.

어쩌면 한 번 찢어진 가슴은 영영 그렇게 되는 걸까, 애덤은 생각했다. 계속 요동쳐서 다시 찢어지고, 그러고도 계속 이렇게 뛰는 걸까. 애덤의 심장은 엔조를 보는 순간 다시 찢겼고, 엔조가 애덤에게 그렇게 잔인하게 대했는데도 다시 엔조를 갈망했다.

가슴은 여전히 뛰었다. 그런데 가슴 한구석에는 라이너스가 어디로 갔을까 하는 생각이 있었다. 그 찢어진 심장이 아까 라이너스를 보는 순간에도 들썩했기 때문이다.

"어쨌거나." 침묵이 불편해진 엔조가 말했다.

"보고 싶을 거야, 엔조." 애덤이 진심으로 말했다. "앤젤러도 마지막 학년 내내 외국에 있을 거래."

"정말?" 엔조의 목소리에는 걱정이 어려 있었다.

"괜찮아. 계속 연락할 거니까."

"우리도 그래야지."

"그래, 엔조."

애덤은 말을 멈추고 왜 이상한 느낌이 드는지 알아내려고 했다. 그때 그게 엔조와 관련된 어떤 물리적 사실 때문이라는 걸 깨달았다.

어째서인지 엔조가 애덤이 기억하는 것보다 작았다. 라이너스보다는 크지만 그래도 작아 보였다. 갑자기 애덤은 엔조와 처음 말다툼했던 밤을 떠올렸다. 다른 사람에게 그날 일을 이야기할 때에는 항상 왜 싸웠는지 기억이 안 난다고 말했지만 거짓말이었다. 사실은 엔조가 질투를 해서 싸운 거였다. 엔조가. 애덤이 크로스컨트리 팀 동료와 웃으며 이야기하는 걸 보고는 아무근거도 없이 애덤보고 바람을 피운다고 화를 냈다. 다툼은 금방 끝났다. 아무 증거도 근거도 없었기 때문에 엔조가 미안하다고 했다. 하지만 애덤은 그때 엔조가 얼마나 커 보였는지를 잊을 수가 없었고 지금도 기억했다. 신체적으로 그랬다기보다(애덤보다 큰 사람은 흔하지 않으니) 엔조의 분노가, 그리고 엔조가 질투한다는 사실에 대한 애덤의 놀라움이 방 안을 가득 채울 정도로 컸던 것을 기억한다.

엔조의 분노가 너무 커서 한순간 애덤은 자기 미래가 이 일의 결과에 달려 있는 것처럼 느꼈다. 화해하기 전까지, 자기가 잘못한 게 없는데도 애덤은 자기 삶이 송두리째 흔들리는 걸 느꼈다. 만약 엔조를 잃게 되면 어떡하지? 엔조가 떠난다면? 세상이 끝나고 말 것이다. 모든 희망이 끝날 것이다. 질투심에 휩싸인 엔조도 자기와 같은 심정이라는 게 느껴졌다. 그래서 엔조의 존재가 커지고 또 커져서 애덤이 숨 쉴 수 있는 공간 전체를 채운 느낌이었다.

그렇지만 그 세상은 결국 끝나지 않았나?

그리고 여기 엔조가 있었다. 애덤보다 더 작은 많은 사람들 중 한 명일 뿐인 엔조.

언제부터 그렇게 되었을까?

"어쨌거나." 엔조가 다시 말했다.

애덤이 엔조를 보았으나 엔조는 더 이상 눈을 마주치지 않았다. 이 상황이 끝나기를 바라는 것 같았다. "그거 알아?" 애덤이 말을 시작했다—

그러나 두 가지 일이 일어났고 모든 게 달라졌기 때문에 애덤은 말을 마칠 수 없었다. 얼핏 보기에는 첫 번째 것이 더 중대한 일 같았지만, 실제로 결정적인 타격을 입힌 것은 두 번째 일이었다.

첫 번째 일은 붉은 기가 도는 금발 머리의 덩치 큰 여자아이가 앤젤러, 라이너스, 화원에서 일하는 제이디 매클라렌, 애덤과 같이 일하는 르네, 캐런 들이 피자를 먹고 있던 테이블에서 일어나 이쪽으로 온 일이었다. 애덤이 모르는 애였는데, 여자아이가 엔조의 어깨에 팔을 두르자 엔조가 돌아봤고 둘이 입을 맞췄다. 애덤이 보는 앞에서 입을 맞췄다.

"안녕." 여자아이가 다정하게 말했다. "난 나타샤야. 냇이라고 불러."

애덤은 악수를 하며 말했다. "애덤이야."

"네가 애덤이야?" 냇이 활짝 웃으며 말했다. "엔조가 네 얘기 엄청 많이 해."

애덤은 엔조를 쳐다봤고 엔조는 눈을 돌렸다. "그냥 학교에서만 친했어." 엔조가 말했다.

충격 속에서 애덤이 물었다. "어디에서 만났어?"

"엔조 엄마 사무실에서 여름 방학 아르바이트 하다가." 냇이 말했다. "엔조 부모님은 내가 라틴계가 아니라 마음에 안 들어 하실 것 같지만."

"라틴계하고는 거리가 멀지." 엔조가 말했다.

"이봐, 우리 조상은 메이플라워호를 타고 건너왔다고." 어색함을 모르는 듯한 냇이 애덤을 보고 다시 활짝 웃었다. "네가 피자 다 가져왔다며?"

"응." 애덤이 말했다.

"진짜 좋은 친구구나."

"고마워."

"아, 잊을 뻔했네." 엔조가 말하며 지갑을 꺼냈다. 이게 두 번
째 일이었다. 엔조에게 갑자기 여자 친구가 생긴 것보다, 엔조
는 이제 지난 일을 다 잊었다는 생생한 증거보다, 애덤도 조금
은 엔조를 잊었을지 모른다는 지각 변동급의 가능성보다 훨씬
사소한 일이었지만, 그 순간에 모든 게 달라졌다. 이상하게도
그 사소한 일 때문에. 애덤은 대체 그게 무엇이었는지 그 뒤에
도 영영 뚜렷이 알 수가 없었다. 단 하나의 행동이 지닌 힘.

"150달러면 돼?" 엔조가 지폐를 내밀며 물었다.

애덤은 잠시 그 돈을 보고 있었고 가슴이 이전과는 다른 방식
으로 찢기는 걸 느꼈다. 가슴이 찢겨 나가며 갑자기, 놀라울 정
도로 자유로워졌다.

"됐어." 애덤은 자기도 모르게 말했다. "작별 선물로 생각해."

엔조가 놀라며 씩 웃었다. "고마워, 애덤."

"어." 애덤은 이 말밖에는 할 수 없었다.

"맥주 갖다줄까?" 냇이 물었다.

"아니, 괜찮아. 내가 찾아 먹을게." 애덤이 말했다.

애덤은 사람들 쪽을 돌아보았다. 엔조에게 작별 인사를 하러
모인 사람들 수가 더 늘었다. 애덤은 엔조와 작별 인사를 마치

고 나자 갑자기 라이너스가 너무나 보고 싶었다. 혹시 다 망쳐
버린 건 아닐까 하는 공포가 밀려왔다.

"난 늘 그렇게 바보였어." 토니가 울면서 말한다. "이것도 망하고 그다음에 또 저것도 망하고."

"그러니 나보고 널 가엾게 여기라는 건가?"

"아니야!" 토니는 엉엉 울부짖는다. "그냥 내가 이렇게 돼도 싸다는 말이었어!"

"어떻게 돼도?"

토니는 그녀를 본다. 토니의 얼굴에 공포와 함께 눈에 안도감 같은 것이 어린 것을 보고 파우누스는 놀란다. 여왕의 얼굴을 본 파우누스는 여왕도 같은 것을 보았음을 안다.

여왕은 불쾌해한다.

"이게 그거라고 생각하는 건가?" 그녀가 그에게 묻는다. "너의 해방?"

"아니야?" 그가 묻는다.

"나는 너에게 내가 아는 것을 말하려고 왔어. 그 결과로 네가 해방된다면 나는 실패한 거야."

그녀는 그의 몸을 다시 건드려 아주 잠시 살을 태웠을 뿐이지만 그는 쓰러진다. 이놈은 벌레야, 그녀는 깨닫는다. 그냥 밟아 버릴 벌레—

아니다.

그녀는 또 생각한다. 아니야, 그게 전부가 아냐. 그에게 말할 거야.

"말하겠어. 듣고 있어?"

그는 고개를 든다. 고통을 당하고 고분고분해졌다. "응."

그녀가 말한다.

"네가 내 목에서 손을 뗐을 때 나는 살아 있었어. 네 손가락이 내 목에 멍 자국을 남겼을 때 살아 있었어."

이제 남자의 얼굴은 다른 종류의 공포로 물든다. 꿈에서 깨어나 더 끔찍한 것으로 들어간 사람의 공포.

"아냐." 토니가 말한다.

"네가 내가 죽었다고 울 때도 살아 있었어. 네가 내 몸을 바닥에서 들어 올렸을 때도 살아 있었어. 네가 내 주머니에 넣을 벽돌을 찾았을 때도 살아 있었어."

"아니야. 아니야 아니야 아니야—"

"네가 날 호수에 던져 넣었을 때도 살아 있었어." 그녀가 무릎을 굽혀 토니 옆에 앉는다. "아직 살아 있었다고."

"그럴 리가…… 확인했는데ㅡ"

"자세히 보지 않았지. 너무 취해 있어서, 제정신이 아니어서."

그는 느닷없이 궁지에 몰린 쥐처럼 도전하듯이 외친다. "너도 마찬가지였잖아!"

여왕은 두 번 생각할 겨를도 없이 그의 머리를 몸에서 떼어낸다.

파우누스는 이 일을 수습할 수가 없다. 여왕이 남자의 머리를 들고 있는 한은 불가능하다. 어쩌면 여왕을 붙들고 있는 정령이 원하는 게 이것인지 모른다. 가장 명백하고 가장 확실한 복수. 저 정령이 육신을 잃게 만든 자에게 걸맞은 과격한 응징ㅡ

다만ㅡ

다만 다른 기분이 느껴진다. 죽은 여자의 정령은 무언가를 찾고 있으나, 길을 잃었다. 남자의 목을 날린 것은 정령이 한 행동이 아니다.

여왕이 한 일이다.

그리고 그때 여자인지 여왕인지 둘이 합해진 결합체인지, 파우누스가 어떻게든 분리해야만 하는, 자꾸 바뀌고 달라지는 그 인격이, 그 목소리가 말한다.

"아니야."

"라이너스 어디 갔어?" 애덤이 앤젤러에게 물었다.

"화장실." 앤젤러 목소리가 평소 같지 않게 무뚝뚝했다.

"그렇게 심했어?"

"엔조가 말을 거는 순간 라이너스의 존재는 그냥 무시하더라. 좋은 행동은 아니었어."

"제길." 애덤이 말했다. "그런데 나 지금…… 앤젤러, 나 지금 엔조하고 끝난 것 같아."

"지금? 좀 늦은 것 같지 않아?"

"엔조 여자 친구래."

앤젤러는 방금 마신 맥주를 흙바닥에 푸 하고 쏟아 냈다. "엔조 뭐라고?"

"그러게."

"아니, 정말로. 뭐라고?"

"엔조는 바이인가 보지. 아니면 너처럼 플루이드이거나."

앤젤러는 자기와 엔조를 비교하는 것은 바보들이나 할 만한 행동이라는 눈빛을 쏘아 주었다. 앤젤러는 점점 늘어나는 사람들 사이를 두리번거려 냇을 찾아냈다. "오 마이 갓." 앤젤러가 말했다. "너랑 닮았어."

"뭐? 아니 걔는……." 그러다가 애덤이 말을 멈췄다. "어, 어."

"아마 그 말이 네가 받아 본 최고로 이상한 칭찬이겠구나."

"하지만 앤젤러, 그건 중요한 게 아냐. 중요한 건 엔조가 나한테 피자값을 치르겠다고 한 거야. 실제 피자값하고 비슷하지도 않은 돈을 주겠다고 했어."

앤젤러가 무슨 소리냐는 듯 눈썹을 치켰다. "뭐라고?"

"설명해 줄게. 일단 라이너스부터 찾고."

"응, 그래."

"다른 데 가지 마?"

앤젤러는 애덤의 팔뚝을 살짝 꼬집으며 말했다. "몸은 대륙 하나 대양 하나 건너에 가 있더라도 난 여기 있을 거야."

"그렇고말고."

"세상이 끝날 때까지."

라이너스를 찾으러 가다가 애덤은 캠프장 반대편에서 캐런과 르네에게 붙들렸다. "웨이드하고 무슨 일 있었던 거야?" 캐런이 물었다. "웨이드가 강제 키스라도 하려던 것처럼 달려 나가더라."

캐런은 농담이라고 한 말이었지만, 애덤이 대꾸를 않자 르네가 다시 물었다. "설마 아니지."

"웨이드한테 같이 자지 않겠다고 했더니 날 짤랐어." 애덤이 눈을 깜박였다. 정말 그렇게 명백한 일이었던가? 아마 그랬을 것이다. 그게 사실이었을 것이다.

"그럴 수는 없어." 르네가 걱정 가득한 얼굴로 말했다.

"그건 말도 안 돼."

"우리가 증언해 줄게." 르네가 갑자기 말했다. 늘 캐런이 먼저 나서는 편이고 르네는 조용했기 때문에 애덤은 적이 놀랐다.

"그럼. 당연하지." 캐런이 말했다. "어떻게 그럴 수가 있어?"

"미첼한테 말할 거야?" 르네가 물었다.

미첼은 지역 담당자인데 애덤은 사실 이야기를 나눠 본 적도 없었다. "미첼을 잘 모르는데."

"우리 교회 다녀. 좋은 사람이야. 미첼한테 말해야 돼." 캐런이 말했다.

"우리가 증언해 줄게." 르네가 다시 말했다.

"너희들은 못 봤잖아."

"무슨 말이야. 우리 있을 때 웨이드가 한 말이 있는데. 널 보는 눈빛도 봤고."

"툭하면 널 건드리는 것도 봤지." 르네가 조용히 말했다.

"너희들도 알았어?" 애덤은 정말 놀라서 물었다.

"어떻게 모르겠니. 우린 네가 얼마나 일자리가 간절하면 저걸 그냥 참나 싶었어."

애덤은 속이 울컥하는 걸 느꼈다. "일을 꼭 해야 돼."

"그럼 다시 일할 수 있을 거야. 웨이드는 멀쩡히 있고 너만 짤린다면 나도 거기서 일 안 해." 르네가 말했다.

"끝난 일이라고 생각하지 마. 절대 아니야. 그럴 수 없어." 캐런이 말했다.

"아…… 정말……." 애덤이 말했다. "좀 감동했어. 고마워."

"별말씀을." 르네가 다시 수줍어하며 웃었다.

"아, 근데 라이너스 못 봤어?"

"호숫가 옆길로 간 것 같아. 왜?" 캐런이 물었다.

애덤은 캐런의 눈을 똑바로 보며 말했다. "라이너스한테 장미꽃을 줘야 해."

"아니야." 그녀가 말하지만 파우누스에게 하는 말도, 손에 들고 있는 남자의 머리에게 하는 말도 아니다. 피가 흘러 감방 바닥에 퍼지고 시냇물처럼 흘러 문턱을 넘는다.

"아니야." 다시 말한다.

그 순간 남자는 다시 온전한 상태가 되어 구석에 웅크리고 있다. 다시 남자의 혈관 안에서 피가 흐르지만 공중에 피 냄새가 아직 남았다. 파우누스의 배 속에 흉포한 허기를 불러일으키는 냄새. 너무나 오랜만이다—

그때 파우누스는 깨닫는다. 이 욕망, 이 허기, 이 모든 게 여왕이 정말로 사라지고 있기 때문이다.

"아니야." 그녀가 말한다. 남자가 고개를 드는데 눈에 충격이 선연하다. 여왕은 남자에게 머리가 잘린 기억, 몸이 뜯기는 고통의 기억을 남겨 놓았다. 그런 일을 겪으면 보통은 정신이 가닿을 수 없는 곳으로 가 버리기 마련이지만 여왕이 그걸 허락하지 않는다. 그는 기억할 것이다. 언제까지나 기억할 것이다.

그것으로 충분하다.

그녀의 일부는 머리를 날린 것이 지극히 마땅하다고 느끼지만, 더 큰 일부, 그녀를 여기로 데려온 일부는 그를 죽이는 건 너무 섣부른 복수라고 생각한다. 그가 "응"이라고 말했던 순간에 알게 되었다. 모든 것이 달라진 순간.

다만 그게 어리석은 행동이라는 걸 깨닫기 위해서는 실행을 해 보아야 했다.

"넌 참으로 작구나." 그녀가 말한다. "너무나…… 보잘것없어."

그는 다음에 어떤 일이 일어날지 몰라 눈을 휘둥그레 뜨고 바라본다. 그녀도 모르기는 마찬가지다.

"나를 살해한 일에 대해 말하려고 여기 왔어. 그러고 너를 죽이려고. 그런데……." 그녀는 남자에게서 물러선다. "너는 너무나 작구나."

파우누스는 지금 말하고 있는 게 누구인지 알 수 없다. 그녀 자신도 모를 것이라고 생각한다.

"할 말이 더 있어." 그녀는 말하면서 깨닫는 듯 말한다. "넌 나를 사랑했지."

"그랬어." 남자가 대답한다.

"하지만 나보다 약을 더 사랑했어."

"다들 그래."

그 말에 진실이 담겨 있어 그녀는 고개를 끄덕인다. "나도 널 사랑했어."

"알아."

"내가 약을 더 사랑했다고 해도, 네가 나에게 한 짓을 나는 하지 않았을 거야."

"난 너보다 약해."

"그래. 모든 사람이 그래. 너는 책임이라는 걸 아니?"

"아니." 남자가 말한다.

"세상이 기뻐할 일이군."

그녀는 파우누스를 돌아보고, 눈을 마주치며 말한다. "나 길을 잃었어."

274

호수 위 작은 곳 위에서 애덤은 라이너스를 찾아냈다. 여기에서 작은 물길 건너에, 사실은 몇 시간 전이지만 한 백 년쯤 전인 것 같은 오늘 아침에 달려서 지나간 길이 있다. 라이너스는 손에 맥주를 들고 해가 지는 걸 보고 있었다.

"어이." 라이너스는 애덤을 보고 짐짓 쾌활한 척 말했다. "그거 나 주려고?"

애덤은 손에 장미를 들고 있었다. 차로 돌아가서 가져온 참이었다.

"받아 줄래?" 애덤이 말했다.

라이너스는 애덤을 보고 악의 없는 덤덤한 말투로 말했다. "아니."

"라이너스—"

"난 노력했어, 애덤. 정말, 정말 애썼다고."

"알아—"

"모르는 것 같아. 네가 좋아하기 쉬운 사람이 아닌 건 나도 알지."

속이 다시 철렁했다. 애덤은 속을 덜덜 떨며 말했다. "무슨 말이야?"

라이너스는 애덤의 머리 양옆으로 손을 가까이 가져가 흔들어서 맥주를 애덤의 웃옷에 약간 쏟으며 말했다. "이 머릿속에 말이야. 항상 무슨 일이 일어나. 항상 세상이 무너져 내리고. 넌 그걸 혼자서 떠받치려고 하고." 라이너스는 맥주를 한 모금 마시고 작은 소리로 말했다. "그러니 넌 너한테 막 대하는 남자애들한테만 마음을 주는 거겠지."

애덤은 침을 꿀떡 삼키고 손에 든 장미를 빙빙 돌렸다. "피자 말이야." 애덤이 입을 열었다. "엔조가 이사 가기 전에 마지막 선물로 줄 생각이었어. 확실히 그렇게 말한 적은 없었지만 엔조나 나나 그런 거라고 생각했어."

"나도 알아. 애덤, 나는―"

"나한테 돈을 주려고 하더라."

라이너스는 애덤이 무슨 말을 하려는지 몰라 대꾸하지 않고 기다렸다.

"나를 그렇게 보는 거야. 나는 바라고 바라고 또 바랐어. 1년 반 동안. 그런데 걔가 나를 차 버렸지. 말도 안 되는 바보 같은 이유를 대면서. 그런데도…… 그런데도 나는 여전히 바랐던 것 같아. 그러면 안 되는 걸 알면서도. 내 바로 앞에 훨씬 더 좋은

게 있는데도." 애덤은 라이너스를 보며 말했다. "엔조가 나한테
는 첫 번째 탈출구였지. 계속 나를 덮쳐 오는 이 모든 일로부터
탈출할 수 있는 문. 지금과 다를 수 있는 세상, 내가 절박하게 갈
구하는 세상으로 가는 첫 번째 문. 그래서 걔한테 내 마음을 다
줘 버린 거 인정해."

"누가 보기에도 그랬어. 눈이 있으면 누구라도 알 정도로."

"그런데 나한테 피자값을 주려고 했어. 내가 베풀 수 있는 기
회도 주지 않으려고 했어. 내가 늘 속으로 바라던 게 그거였
던 것 같은데. 엔조가 일부러 그랬다거나 그런 건 아니야. 그
냥…… 엔조에게는 정말 아무것도 남은 게 없구나, 싶었지." 애
덤은 다시 장미를 만지작거렸다. "내가 전에 어떤 사람이었건
간에, 지금은 그저 자기한테 뭔가 호의를 베풀었으니 되갚아 줘
야만 하는 사람인 거야."

라이너스가 애덤을 쳐다보았다. "마음 아팠겠구나."

"알 게 뭐야? 라이너스, 그게 뭐라고? 덕분에 정신 차렸어.
난…… 아, 내가 가진 게 정말 아무것도 없다고 생각한 거 알아?
모든 게 망해 간다고? 부모님에다 아르바이트에다 앤젤러가 외
국으로 가는 것까지."

"그게 사실이잖아." 라이너스가 부드럽게 말했다. "그렇지 않
다고 할 수가—"

"그래. 하지만 그것만 사실인 게 아니니까. 다른 사실들도 있
으니까." 애덤은 여전히 장미꽃을 빙빙 돌리고 있었다. "정말 이

거 안 받을 거야?"

"너무 많은 의미가 담겨 있는 것 같은데. 장미 한 송이치고 엄청난 의미가 있는 것 같아."

"그런 것도 같네."

"애덤. 들어 봐. 난 내가 뭘 원하는지 알아. 다 아는 건 아니겠지만 알 만큼은 안다고. 내가 원하는 건 너야. 그렇다고 어떤 희생이라도 무릅쓰겠다는 건 아니고. 나는 마지막 학년을 무사히 친구들과 함께 마치고 싶고 그중 한 명이 너였으면 좋겠고 네가 내 침대에 눕고 우리 집에서 샤워를 했으면 좋겠고 우리가 같이 웃고 네가 정말로 내 곁에 있었으면 좋겠어. 온전한 네가. 70퍼센트만 내 옆에 있고 나머지 30퍼센트는 엔조가 스트레이트들의 나니아 왕국을 찾으려고 벽장 속에 기어 들어가 있다가 결국 언젠가는 나오지 않을까 기다리지 않았으면 좋겠다고."

애덤은 그 말에 조금 웃었지만 라이너스의 얼굴은 계속 진지했다. "너는 네가 뭘 원하는지 알아?" 라이너스가 물었다. "너는 나가고 싶지. 그건 알아. 그런데 나가는 방법은 여러 가지가 있잖아. 오직 그 길만을 원하는 거야?"

라이너스는 대답을 기다렸고 애덤은 장미를 계속 빙빙 돌렸다. 이제 아무에게도 주지 못할 장미. 아침에 손가락을 찔리고 나서 충동적으로 산 장미. 애덤은 상처에 가시를 대고 다시 손을 찔렀다. 그 짜릿한 감각을 다시 한번 느끼기 위해—

—그리고 다시 보았다, 온 세계를, 혁 들이마신 숨처럼 빠르게,
나무와 풀을, 물과 숲을, 뒤에서 따라오는 어둑한 형체를, 저질
러진 실수를, 상실을, 비탄을, 종말을 향해 다가가는 세계를, 종
말, 종말—

애덤은 눈을 끔벅이며 피가 흐르는 엄지손가락을 입에 가져다 댔다. 애덤의 삶에 전환점이 될 이 긴 하루가 처음 시작되던 순간에도 그랬듯이. 날이 막 저물려는 지금 혀끝에 비릿한 피 맛만이 남았다.

애덤은 뭐라고 말해야 할지 알았다.

"널 파티로 다시 데려가고 싶어." 애덤은 낮은 소리로, 허락받을 수 있을지 확실치 않은 일을 부탁하듯 조심스레 말했다. "사람들 앞에서 너한테 키스하고 싶어. 모든 사람이 알았으면 좋겠어." 눈을 들어 라이너스의 눈을 마주 보려니 그게 오늘 하루 종일 있었던 일 중에서도 가장 두려운 일인 것도 같았다. 하지만 그 두려움, 추락에 대한 두려움은 늘 희망을 따라오는 것이었다.

"널 사랑하고 싶어." 애덤이 말했다. "네가 허락해 주면."

"이 정령을 어떻게 보내 줘야 하는지 모르겠어." 여왕이 파우누스를 똑바로 보며 말한다. 이것 역시 여왕의 힘이 충격적으로 약해졌다는 걸 보여 주는 일이다. 여왕이 모른다는 사실을 인정한 데다가 신하에게 도움을 요청하는 듯이 말한다.

"정령은 여왕님을 놓아주는 법을 압니까?" 파우누스가 침착을 유지하려 애쓴다. "애초에 정령이 여왕님을 사로잡았으니까요."

"아니야." 여왕이 당혹스러운 사실을 인정하듯이 말한다. "내가 정령을 보고 호기심을 느꼈어. 상실이 있었고 답하지 않은 질문이 있었어. 그래서 지금—"

"세상을 고정하는 틀이 느슨해지고 있습니다. 해가 질 때까지밖에 시간이 없습니다. 정령이 돌아다닐 수 있는 시간이 그때까지로 정해져 있습니다. 여왕님도 아시는 일입니다. 정령은 사그라질 것이고 여왕님도 같이 죽는다면—"

"우리가 너무 촘촘히 얽혔어." 여왕의 목소리에 공포가 느껴진다. 파우누스는 그 사실에 지금까지보다 더 큰 충격을 받는다. "어디까지가 그 애고 어디부터가 나인지 모르겠어."

"시간이 끝나 갑니다. 이 세상이—"

"세상의 벽이 무너질 거야. 이 세상도 같이."

"우리 세상도요."

여왕이 파우누스를 바라본다. 여왕의 위엄 있는 턱이 파우누스에게 희망을 주고, 여왕의 눈에 담긴 체념이 그 희망을 앗아 간다—

—여왕이 사라지는 듯한, 실체가 없는 공기가 되는 듯한 순간이 온다. 여왕은 그들의 집을 본다. 호수뿐 아니라 온 세상, 그 안에서 파닥이는 모든 영혼, 모든 갈망과 외로움, 여왕을 감싸고 있는 정령, 그곳에서 빙빙 돌아 나오는 정령들, 그곳에서 나와 저 너머, 저 너머, 저 너머로 가는 정령들, 끝없이 소모되고 다시 태어나는 삶으로 약동하는 이 세계, 아무도 기억하지 못하는 때부터 여왕이 다스렸던 세계, 여왕은 이 모든 것을 본다. 과거와 영원, 살아 있는 모든 영혼, 여왕이 죽인 영혼, 여왕이 살린 영혼, 그리고 이 영혼, 이 정령, 여왕에게 묶여 있고 여왕을 붙들고 있고 여왕과 함께 있고 여왕 안에 있는 정령, 자기를 죽인 사람을 용서한 정령, 인간들이 늘 빠지는 파괴의 연쇄를 거부한 정령, 그리고 마지막으로 자기 자신, 자신의 전부를 그 핏방울

하나에서 본다. 운명이 바뀌는 날의 피 한 방울, 이 모든 것의 출발점이 된 피 한 방울—

—여왕은 이제 어떻게 해야 하는지 안다. 남아 있는 유일한 방법.

"우리 집으로 돌아가자." 여왕이 확신을 담아 말한다. "그곳에 가서 종말을 맞자."

"여왕님—"

"나는 너의 여왕이다. 그리고 이것이 나의 소망이다."

시간이 너무 부족했기 때문에 파우누스는 순간 아찔해져 여왕에게 더 애써 보라고, 얼마나 많은 것이 위험에 처했는지 보라고 말할까 생각하는데—

"내 손을 잡겠느냐?" 여왕이 묻는다.

파우누스가 여왕을 모셔 온 무한한 시간 동안 단 한 번도 없던 일이다.

이제 정말 끝인가.

"네, 여왕님." 파우누스가 말한다. "우리 세계로 돌아가 그곳에서 끝을 맞겠습니다."

파우누스는 여왕의 손을 잡는다.

해방

"이제 어떻게 되는 거야?" 앤젤러가 물었다. 세 사람은 호숫가 작은 부두 끝에 나란히 앉아 물에 발을 담그고 있었다.

"아주 중요한 질문이네." 라이너스가 말했다. 8월인데도 발이 시리게 찬물에서 작은 물고기가 통 튀어 올랐다. 프롬은 여름에도 야외에서 수영하기에는 적당하지 않은 곳이다.

"어떤 부분 말야?" 애덤이 말했다. 애덤은 아직도 장미를 들고 있었다. 파티 장소 한가운데서 라이너스에게 키스를 했을 때에도, 파티가 아무렇지도 않은 듯 계속되고 세상이 끝나지 않았을 때에도 장미를 들고 있었다. 굳이 엔조의 시선을 끌 생각도 없었고 그게 당연한 것 같았다.

"일단 너희 부모님부터." 앤젤러가 말했다. "사태가 심각해지면 우리 집에 와서 지내."

"그래." 애덤이 말했다. "그래야 할지도 모르겠다. 일단 집에 가 보고. 어쩌면 형이 약속한 대로 내 편을 들어 줄지도 모르니까."

287

"형이 엇나간 아들의 처지가 어떤 건지 드디어 느꼈을 수도 있겠지."

"어쨌든 언제라도 갈 곳이 있다는 것만 알아 둬. 진심이야." 앤젤러가 다시 말했다.

"알아. 고마워."

"나머지는?" 라이너스가 물었다.

"글쎄. 뭐가 있을까. 집에 가서 부모님을 맞닥뜨리기까지 아직 몇 시간이 남았지. 잘리지 않았다면 다시 일하러 갈 때까지 며칠이 남았고. 앤젤러가 유럽에 갈 때까지는 일주일이 남았어. 인생 최악의 순간은 아닌 거겠지?"

"지금은 어때?" 라이너스가 눈앞 지평선으로 가라앉는 해를 보며 고갯짓을 했다. "해가 질 때까지 몇 분 남았어."

"그러면 오늘이 끝이지." 애덤이 말했다.

"그리고 뭔가 새로운 게 시작되고?" 앤젤러가 기가 차다는 듯 말했다. "왜 다들 〈미키 마우스 클럽〉에 나오는 노래 같은 소리를 하고 있는 거야?"

"앤젤러, 언 발에 오줌 누기라도 해야 할 때도 있는 거잖아." 애덤이 물에서 발을 빼고 일어서며 말했다. "뭐 좀 먹을래? 식은 피자? 맥주?"

"난 물 먹고 싶어." 앤젤러가 말했다.

"그게 좋겠다." 라이너스도 말했다.

"우린 정말 파티 체질이구나." 애덤이 말했다.

"우리만 그런 것도 아냐." 앤젤러가 사람들이 모여 있는 쪽으로 고갯짓을 하며 말했다. 애덤이 보니 몇몇씩 옹기종기 모여 이야기를 나누고 있었다. 파티 분위기가 다정했고, 아무도 지나친 행동을 하거나 엇나가지 않아 묘하게 다들 안도하는 느낌이었다. 르네와 캐런은 제이디와 이야기를 하면서 편하게 웃고 있었다. 엔조만은 유일하게 술을 너무 많이 마셨고 냇 옆에 앉아 괴로워하고 있었다. 냇은 엔조는 무시하고 자기 친구들로 보이는 애들과 웃고 떠들었다.

"와." 라이너스도 그쪽을 쳐다보았다. "엔조 여자 친구가 누구 닮았다고 생각하는 거 나뿐이야?"

"내 말이." 앤젤러가 말했다. "진짜 이상하지."

라이너스가 어깨를 으쓱했다. "엔조도 어떻게 해야 할지 모르는 건지도. 어찌 보면 불쌍하기도 하네."

"거짓말쟁이에 겁쟁이일 수도 있고." 앤젤러가 말했다.

"난 모르겠다. 어쨌든 난 상관없는 것 같아." 애덤이 말했다.

애덤이 친구들에게 물을 갖다주러 파티 장소 쪽으로 걸어가기 시작했다.

"어이." 앤젤러가 애덤을 불렀다. "다시 올 거지?"

애덤이 둘을 돌아보며 웃었다. "항상. 세상이 끝날 때까지." 애덤이 말했다.

파우누스는 여왕을 호수로 인도한다. 여왕의 손은 여왕의 손이 아니라 인간의 손처럼 따스하고 부드럽다. 그래도 그것이 여왕의 손임은 분명하다. 파우누스는 여왕의 힘을 느낄 수 있다. 죽은 소녀의 정령과 얽혀 있는데도.

파우누스와 여왕이 물가에 다다른다. 여왕이 망설인다.

"여기가 내가 호수에서 나온 곳이야." 여왕이 말한다.

"그렇습니다, 여왕님."

"여기가 내가 죽기 시작한 곳이야."

"어떤 부분은 그렇지요."

여왕이 파우누스를 마주 본다. "여기가 내가 죽을 곳이야."

파우누스는 이 말에 대답할 말이 없다. 여왕은 아직도 손을 놓지 않았다. "정령이 나를 떠나고 싶어 해. 그런데 어떻게 하면 떠날 수 있는지 몰라. 나는 어떻게 하면 놓아줄 수 있는지 몰라. 우리는 묶여 있어."

여왕은 파우누스를 본다. 기억할 수 없는 옛날부터 그녀의 신하였던 그를. 그의 눈 너머, 파우누스의 형상 너머, 언제나 여왕을 섬겼던 정령을 본다.

"네가 나를 따라왔구나." 여왕이 말한다. "내가 너를 보지 못할 때에도 계속 내 곁에 있었어."

"네, 나의 여왕님."

"내가 너의 여왕이 아닐 때에도 나를 따라왔어."

"저의 여왕님은 언제나 거기 계셨습니다. 여왕님을 따르는 것이 저의 의무입니다. 제 의지이기도 합니다."

"너의 의지."

"네, 나의 여왕님."

여왕은 아직 잡고 있는 손을 본다. "내가 길을 잃었을 때 너는 나를 찾았다."

"여왕님은 길을 잃지 않습니다. 여왕님은 언제나 있어야 할 곳에 있습니다."

그 말에 여왕은 고개를 든다. 파우누스는 여왕이 늘 감추어 두는 장난기 어린 미소를 언뜻 본다. 여왕의 사적인 내면을 슬쩍 엿볼 수 있는 창문과도 같은 미소.

파우누스는 손에 가해지는 압력을 느꼈고 여왕이 자기를 끌어당긴다는 사실을 알고 놀란다. 누구에게도 허락되지 않는 접촉의 죄에 근접의 죄까지 더해진다. "세상이 끝이 나야만 모든 경계를 허물 수 있다면 안타까운 일이 아니겠느냐?" 여왕이 말한다.

"여왕님?" 여왕의 품으로 들어가고 싶은 욕망이 거의 죽고 싶을 정도로 강렬하게 파우누스를 압도한다. 파우누스는 그 안에서 소멸할 것이다. 그러나 소멸은 지금까지 상상도 할 수 없었던 희열일 것이다—

"아, 안녕." 어떤 목소리가 말한다. "여기 누가 있을 줄은 몰랐네."

그들이 돌아본다. 파우누스는 상대를 재빠르게 파악한다. 인간. 성인 남자 크기. 그러나 아직 완전히 성인이 되지는 않은 존재. 그래도 거의 다 되었다. 거의.

여왕은 이제 여왕처럼 보이지 않는다. 호수에서 나온 소녀처럼 보인다. 산 채로 호수에 던져졌고 혼란 속에서 손을 뻗어 여왕과 한 몸이 되어 온 세상을 위험에 빠뜨린 소녀.

남자아이가 눈을 찡그린다. "우리 아는 사이인가?"

그때 정령이, 여왕이 아니라 정령이 손을 뻗으며 다짜고짜 남자아이에게 묻는다. "어떻게 하면 놓을 수 있어?"

남자아이는 놀라서 움직이지 않는다. 파우누스를 흘깃 보고, 그냥 있는 그대로 받아들인다. 그 순간 해의 아래쪽 끝이 지평선에 닿는다. 종말이 시작된다. 종말의 시작이지만—

"그게 정말 힘들지?" 남자아이가 말한다. "누구든 그런 것 같아."

"누구든." 정령이 동의한다.

남자아이가 숨을 들이마신다. "오늘이 나한테는 많은 것들을 놓아야 하는 날이었어. 나를 붙들고 있던 매듭들이 갑자기 다 풀린 것처럼."

"오늘은 내 운명이 바뀐 날이야." 정령이 말한다.

"나도 그랬어."

"알아. 다가오는 소리를 들었어. 나는 그 갈망을 따라왔어."

그녀는 그가 손안에서 만지작거리는 장미를 본다. 손버릇처럼 가시에 엄지손가락을 갖다 대자 여왕의 손가락도 같이 움직인다. 남자아이가 다시 그녀를 쳐다본다.

"네가 누구인지 알 것 같아." 그가 말한다.

"어떻게 놓을 수 있어?" 정령은 그저 다시 묻는다.

"모르겠어." 남자아이가 말한다. "하지만 아무래도 이건 네 것인 것 같아."

남자아이가 장미를 내민다.

정령은 여왕에게서 나와 장미를 받는다.

결국은, 그렇게나 간단한 일이었다.

"아." 정령이 놀란 듯 웃으며 말한다. "그래. 나는 나의 해방을 찾았어……."

정령의 말과 웃음이 산들바람처럼 그들을 감싸고 장미 꽃잎 한 장이 그 안에서 회오리처럼 빙빙 소용돌이치더니 산산이 흩어지고 정령은 영영 떠난다. 정령이 떠난 자리에는 늦여름 냄새만 희미하게 남는다. 세상이 안도의 한숨을 내쉬고 새로이 다시 돌아가기 시작한 것처럼.

"허. 이상한 일이네." 남자아이가 말한다.

남자아이는 파우누스가 서 있는 자리를 다시 흘긋 보고 뒤쪽 지는 해를 본다. 해는 이제 지평선 너머로 절반이 잠겼다. "나는 나의 해방을 찾았어." 남자아이가 속삭인다. "그래서 어디로 간 거지?"

그러다가 웃는다. 몸을 돌려, 주머니에 손을 꽂고, 파우누스를 물가에 두고 걸어간다. 파우누스는 자신의 몸이 흩어지는 순간 한없는 자유를 느낀다. 다시 순수한 정령이 되어, 구원된 세계로, 해방된 세계로 들어가면서. 파우누스는 옆에서 그녀의 존재를 느낀다. 자유가 주는 따스한 행복감, 그리고 놀랍게도 여전히 따스한 시선을 느낀다. 여전히 그를 기다리는 여왕의 품. 품 안에 들어가더라도 소멸되지 않을지 모른다. 세상이 끝나지 않더라도 그런 자유를 누릴 수 있을지 모른다.

그는 알게 될 것이다. 다음에 무슨 일이 일어나건 알게 될 것이다. 그의 영혼이 그녀가 이끄는 대로 어디든 따라가려고 그녀를 향한다.

"나의 여왕님." 그가 말한다. 그곳에 그녀가 있으므로.

옮긴이 | 홍한별

글을 읽고 쓰고 옮기면서 살려고 한다. 옮긴 책으로 《몬스터 콜스》
《달빛 마신 소녀》《피시본의 노래》《나는 불안과 함께 살아간다》
《밀크맨》《하틀랜드》 들이 있다.

멋진 하루

1판 1쇄 | 2020년 10월 20일

글쓴이 | 패트릭 네스
옮긴이 | 홍한별
펴낸이 | 조재은
편집부 | 김명옥 김원영 육수정
영업관리부 | 조희정 정영주

펴낸곳 | (주)양철북출판사
등록 | 2001년 11월 21일 제25100-2002-380호
주소 | 서울시 마포구 양화로8길 17-9
전화 | 02-335-6407   팩스 | 0505-335-6408
전자우편 | tindrum@tindrum.co.kr
ISBN | 978-89-6372-333-4 03840   값 | 13,000원

편집 | 김명옥   디자인 | 표지 박지은 본문 육수정